어차피 우리 집도 아니잖아

어차피
우리 집도
아니잖아

김의경

장강명

정명섭

정진영

최유안

현대문학

목 차

김의경 애완동물 사육 불가 7
작가 노트 : 건강히 잘 지내시나요?

장강명 마빈 히메이어 씨의 이상한 기계 51
작가 노트 : 전모를 알 수 없는 붕괴와
분노하지 않는 포도

정명섭 평수의 그림자 109
작가 노트 : 평수는 왜 그림자를 보게
되었을까

정진영 밀어내기 151
작가 노트 : 사다리는 무너졌다

최유안 베이트 볼 203
작가 노트 : 사는 집, 사는 집

애완동물 사육 불가

김의경

작가 노트
건강히 잘 지내시나요?

1978년 서울 출생. 2014년 『한국경제신문』 등단. 소설집 『쇼룸』 『두리안의 맛』. 장편소설 『청춘 파산』 『콜센터』 『헬로 베이비』. 〈수림문학상〉 수상.

언니는 아침부터 남의 집에 들어가 있었다. 표정만 봐도 알 수 있었다. 재미있는 만화책이라도 보는 것처럼 언니의 입가에 미소가 걸려 있었다.

"이 집은 모든 게 아이 위주로 되어 있어."

20평쯤 되어 보이는 집은 현관에서부터 퍼즐 매트가 깔려 있었다. 현관 입구에 펜스가 쳐 있는 걸 보면 반려견을 키우는 것 같았다. 먼지 한 톨 찾기 힘든 거실 한구석에 다양한 청소 도구가 가지런히 놓여 있었다. 젖병, 유아차, 장난감…… 집 전체가 아기 용품으로 가득했다.

"청소 중이었나봐. 베개 솜 나와 있고 물건도 여기저기 흩어져 있네."

언니는 항상 남의 집에 들어가 살고 싶어 했다. 학창 시절부터 친구 집에 다녀오면 눈앞에 그려질 듯이 그 집 내부를 상세히 묘사하곤 했다.

"이 집 강아지로 태어나고 싶다."

"전에는 고양이라더니?"

언니가 마우스를 움직여 방을 이리저리 누비며 말했다.

"역시 학군지는 다르네. 구구단, 알파벳 포스터를 붙여놨어. 앗, 화장실에는 세계지도가 있네. 근데 우주 그림이 빠졌어. 행성명이 나열돼 있는 거 말이야. 다른 집엔 있던데."

"결혼 안 한다면서 그런 거에 웬 관심?"

"조카를 위해서지. 너는 결혼할 거잖아. 네가 아이 낳으면 애 교육에 좋은 게 뭔지 내가 다 알려줄게."

"아이고 고맙네. 그런데 왜 이렇게 아래쪽에 붙여놓은 거야? 설마 기어다니는 아이 보라고 그런 건 아니겠지?"

언니는 벌써 그 집의 아기가 되어서 여기저기 기어다니는 중이었다.

"여긴 교육열이 높은 동네야. 갓난쟁이를 위해서 붙여놓은 게 맞을지도 몰라."

"그럼 아동학대네."

"그게 왜 학대야? 우리 부모가 한 짓이 학대지."

우리 부모가 한 짓? 나는 잠시 천장을 올려다보며 생각에 잠겼다. 우리 부모가 무슨 짓을 했더라? 그들은 아무 짓도 하지 않았다. 그들은 자식에게 아무런 관심이 없었다. 비단 교육에만 국한된 것이 아니었다. 우리가 나쁜 짓을 하건 좋은 짓을 하건 어떤 반응도 없었다. 아빠는 집에 있는 날이면 방에 들어가 문을 잠그고 나오지 않았다. 엄마는 다른 엄마들이 자식들에게 으레 가르쳐주는 것들을 알려주지 않았다. 식탁 예절부터 옷 입는 방법, 심지어 화장실 예절까지.

부동산 앱 '직방'에서 제공하는 VR홈투어는 실제 집 내부를 직접 걸어 다녀보는 듯한 경험을 할 수 있는 가상공간으로 언니에게는 마음의 고향 같은 곳이었다. 아침에 일어나자마자, 잠자리에 들기 전에 언니는 가상의 공간 속으로 걸어 들어갔다.

우리 부모는 가난했으므로 VR홈투어에 나오는 집들처럼 자식들에게 아늑한 공간을 제공하지도, 교육 지원을 해주지도 못했다. 당시 나는 모든 아이들이 우리처럼 허름한 집에 멍하니 앉아 시간을 보내는 줄 알았다. 엄마는 늘 집에 없었고 어쩌다 집에 있는 날은 소금에 절인 배추처럼 몸이 늘어져 있었다. 피곤해. 저리 가서 놀아. 엄마는 '피곤해'라는 말을 입에 달고 살았다. 언니는 그런 엄마의 다리에 매달려 떨어지려 하지 않았고, 엄마는 발로 차는 것도 귀찮다는 듯 그대로 누워 잠들곤 했다.

"남의 집 구경 좀 그만해. 재밌어?"

"재밌다기보다 기분이 좋아. 모델하우스하고는 다르잖아. 삶의 흔적이 고스란히 드러나거든. 클릭하고 들어가서 잠시만 훑어봐도 이 가족이 어떻게 살고 있는지 대충 알 것 같아. 그런 상상을 하면 즐거워."

언니가 마우스로 커서를 움직여 한 곳을 가리켰다.

"이 안에 사람 있는 거 같지?"

커서가 머문 곳은 침대 위 이불이 불룩한 부분이었다. 방 안에는 아무도 없었지만 이불 속에 무언가가 있는 것 같았다.

"갑자기 사진 찍는다고 하니까 이 집 개구쟁이가 이불 속으로 들어가서 죽은 척했나봐. 강아지하고 같이 이불 안에 숨은 것 같아."

각도를 바꾸자 정말로 이불 옆으로 강아지 꼬리가 삐져나와 있었다.

"여깄다!"

언니가 손가락으로 꼬리를 가리키며 밝게 웃다가 한숨을 내쉬며 말했다.

"집을 사야 해. 반려동물을 키우려면."

맞는 말이다. 집주인들은 하나같이 반려동물 키우는 걸 싫어했다. 이사를 자주 다녀보았지만 세입자가 반려동물 키우는 것을 반기는 집주인은 한 명도 만나지 못했다. 심지어 자신이 반려동물을 키우는데도 그랬다. 그들은 자신이 빌려준 집에서 세입자가 반려동물을 키우는 것을 못마땅해했다.

언니는 어느새 용인의 아파트에 들어가 있다.

"60평이라니. 이런 집에서는 가족 부를 때 휴대폰을 사용하겠지? 대형 평수가 요즘은 인기가 없대."

"그래도 난 돈 있으면 넓은 집에 살고 싶어."

"이것 좀 봐."

복도 끝 방으로 들어섰을 때 우리의 입이 동시에 벌어졌다. 언니가 감탄하듯 말했다.

"이 집 막내는 고양이였어."

바닥에는 널따란 인조 잔디가 깔려 있고 한쪽에 캣타워가 놓여 있었다. 우다다를 할 수 있는 커다란 벽면형 수직 스크래처도 보였다. 고양이 놀이공원이라 할 정도로 모든 것이 갖춰져 있었다. 우리는 한 번도 갖지 못한 독방을 고양이가 갖고 있다니. 나는 고양이가 부러웠다.

언니는 마우스를 움직여 고양이 방 바로 옆방으로 들어갔다. 서재였다. 무라카미 하루키의 소설이 책장의 맨 위 칸을 차지하고 있었고 『일본어 통번역 연습』 같은 번역 관련 서적과 골프 서적 들이 보였다.

"방 주인이 일본어 번역가인가? 이 집 아빠는 골프를 좋아하는데 아이 때문에 스크린 골프에 만족하고 있을 거야. 커뮤니티 시설이 잘돼 있는 아파트라서 다행이네. 육아하다가 가끔 골프를 칠 수 있겠어."

내가 고개를 끄덕이며 수긍하자 언니는 신이 나서 말을 이었다.

"이것 좀 봐. 아이 방문에 '관계자 외 출입 금지'라고 적혀 있어. 아이가 직접 써 붙였겠지?"

언니가 이번에는 대형 평수 아파트 옆에 있는 주상복합 아파트 1층의 문을 열었다.

"이 집은 완전 아기 집이네. 보통 집에는 아기방이 하나 있잖아. 이 집은 모든 방이 아기방 같아. 모든 게 아기 위주로 되어 있어. 마치 부모는 살지 않는 것처럼."

이제야 알 것 같았다. 언니는 지금 내게 보여준 집들을 처음 들어가본 것이 아니다. 왠지 좀 이상하다 했다. 대한민국 같은 저출산 국가에서 들어가는 집마다 아기를 키우는 집일 수는 없었다.

언니는 마우스를 클릭해서 현관에 핑크빛 러그가 깔린 집으로 걸어 들어갔다. 입이 쩍 벌어졌다.『헨젤과 그레텔』에 나오는 집 같았다. 거실에는 연보라색 미끄럼틀이 놓여 있고 베란다에는 미니 수영장이 마련되어 있었다. 과자로 지어진 건 아니지만 집 전체에 부모의 사랑이 묻어 있어 손가락으로 찍어 맛을 보면 달콤한 맛이 날 것 같았다.

"1층이라서 층간 소음 걱정도 덜할 거야. 이 집 아이는 행복하겠지?"

티니핑 인형과 문구로 가득한 작은방 한가운데는 작은 텐트가 있었다. 집을 엿본 것뿐인데도 텐트 속에 들어간 아이에게 다가가 문을 열어젖혀 놀라게 하는 아빠의 모습이 머릿속에 그려졌다. 우리는 경험해본 적 없는 일이었다. 그런데 왜 이리 생생하게 느껴지는 걸까. 마치 눈앞에 벌어지는 일처럼.

부모님은 대체로 무표정했다. 늘 앉은 채로 졸거나 약을 달고 살았다. 장난감과 동화책을 사주고 집을 예쁘게 꾸밀 시간 따위 없었다. 분명히 마음은 있었을 것이다. 그렇게 믿고 싶었다.

"고양이다!"

이런 집에는 반려동물이 없을 거라고 생각했지만 책장 꼭대기에 고양이가 찍혀 있었다. 저 고양이는 이런 행복한 가족을 매일 내려다보겠구나 상상하니 역시 부러웠다.

평소 말수가 적은 언니는 VR홈투어를 할 때면 내게 말을 걸었다. 심지어 수다스러웠다. 마치 무지하게 행복한 가정에서 태어나 자란 사람처럼. 그 기억을 곱씹으려는 듯이.

언니는 커피를 한 잔 타서 가져오더니 다시 책상에 앉아 남의 집으로 들어갔다.

"이 집은 처음 보는 집이네? 최근에 올라왔나봐."

언니가 그 집의 작은방에 놓인 책장을 둘러보며 말했다.

"『부자 아빠 가난한 아빠』라는 책 알아?"

"응, 유명한 책이잖아. 왜?"

"아니, 그냥. 그 책이 자주 보여서."

"비싼 아파트에서?"

"싼 아파트건 비싼 아파트건 간에 그 책이 있더라고. 심지어 중고등학생의 책장에도."

나도 한번쯤 그 책을 도서관에서 빌렸던 것 같다. 하

지만 결국 읽지 않고 반납했던가. 왜였을까. 아마도 나는 그런 것을 읽는다고 해서 부자가 된다고 생각하지 않았던 것 같다. 갑자기 얼굴이 경직된 언니가 씩씩댔다.

"왜 그래?"

"이거, 그 쌍년이 쓴 책이야."

언니가 마우스 커서로 책 위에 둥글게 원을 그렸다. 『특별하지 않은 아이는 없다』. 특별할 것 없는 뻔한 제목의 책이었다. 책은 책장이 아닌 식탁 위에 놓여 있었다. 아이 엄마가 그 책을 읽다가 아이 기저귀를 갈아준 듯 펼쳐진 채로 책등이 보이게 엎어져 있었다. 그 여자가 최근에 교육 관련 책을 출간했다는 것은 나도 들어 알고 있었다. 언니는 못 볼 걸 봤다는 듯 화면을 닫았다.

나는 화제를 바꾸며 말했다.

"우리 집에도 누군가 갑자기 들어왔다면 알았을까? 엄마 아빠가 툭하면 싸우는 거."

언니는 내 질문에 답하지 않고 소파에 드러누웠다. 콧노래를 흥얼거리며 휴대폰을 들여다보던 언니가 말했다.

"사라졌어."

"뭐가?"

"'애완동물 사육 불가'라는 말이 사라졌다고."

반려동물이라는 말이 일반화된 지 오래다. 그래서 간만에 듣는 애완동물이라는 말에 기분이 나쁠 새는 없었다. 그냥 아직도 이렇게 말하는 이가 있다는 게 좀 신기했다. 그런데 사육이라니. 나는 동물을 사육해본 적이 없다. 공용 마당을 오가는 길고양이들에게 밥을 챙겨주면서도 그들을 사육하고 있다고는 생각하지 않았다. 그럼에도 부동산 앱에는 아직도 저런 문구가 아무렇지도 않게 올라왔다.

사육은 닭장 같은 데 동물을 가둬두고 잡아먹기 좋게 살을 찌우려고 밥을 주지만 별다른 관심은 갖지 않는 것 아닌가. 아무런 감정을 나누지 않는 것. 어떻게 하면 사랑스러운 복슬강아지를 쓰다듬으며 말을 건네지 않을 수 있을까. 신비롭고 오묘한 눈빛을 지닌 고양이와 눈을 맞추지 않을 수 있을까. 물도 주지 않고 폭염 속에 방치하는 사람들이나 몇 날 며칠 보러 가지도 않으면서 밭을 지키게 놓아두는 사람들이 동물을 사육하는 것이겠지. 어떻게 그럴 수 있을까. 그런 건 마음 먹으면 할 수 있는 것일까. 우리 삶에서 반려동물을 뺀다면 무채색일 것이다. 가난하고 고된 우리 삶에 단이와 호두가 들어와 파스텔 톤 색깔을 입히고 무늬를 만들었다.

나는 언니에게 다가가 휴대폰을 건네받아 게시 글을 확인하며 말했다.

"언덕에 있어서 집이 안 나가나봐."

우리는 하루라도 빨리 이사 가야 하는 상황이었다. 말이 좋아 이사지 쫓겨나는 것이었다. 개를 키우고 길고양이 밥을 준다는 이유로 주인과 갈등을 빚다가 이사를 권유받고 옮겨 갈 집을 알아보는 중이었다. 이 집은 한 달 전부터 우리가 눈독 들인 집이었다. 옆 동네이고 지금 사는 집과 가격도 비슷했다. 나는 즉시 부동산에 전화를 걸었다. 전화기 너머로 중개인의 목소리가 들려왔다.

"아, 그 집요? 당장 세를 놔야 해서 허락하기로 했다네요."

우리는 성격이 안 맞지만 경제적 이유로 동거 중이었다. 이번에 이사 가면 평생 언니와 함께 살아야 할지도 모른다. 나는 미용실에 다니다가 적성에 맞지 않아 그만둔 뒤 다른 일을 알아보고 있는데 결국엔 다시 미용실로 돌아가게 될 거라고 생각한다. 언니와 함께 살기로 한 건 단이 때문이기도 했다. 단이가 홀로 집에 있다면 일에 집중하지 못할 것 같았다. 5년 전 미용실 앞에 버려진 믹스견 단이는 언니를 잘 따랐다. 비슷한 시점에 언니가 유기동물보호소에서 입양한 몰티즈 호두와는 물론이고 어제 집에 온 만두와도 잘 지냈다.

단이와 호두가 다가와 내 발치에 앉자 만두도 내 곁으로 왔다. 푸들 견종인 만두는 사교성이 좋은 것 같았다. 나는 만두의 머리를 쓰다듬으며 말했다.

"애는 너무 순하네. 한 달 동안 있어도 괜찮겠어. 신혼여행은 어디로 간대?"

"스페인. 지금쯤 마드리드에서 투우 경기 보고 있으려나."

백설기에 서리태를 박아놓은 것처럼 생긴 만두는 언니의 전 직장 동료인 지은 언니의 반려견이다. 지은 언니가 신혼여행을 가는 동안 우리 집에 맡겨졌지만 특유의 친화력으로 만두가 단이와 호두를 돌보는 모양새가 연출되었다.

언니와 나는 사춘기 때는 주먹질을 하며 싸웠다. 철이 들면서 몸싸움은 하지 않았지만 그렇다고 살갑게 지내지도 않았다. 개와 고양이처럼 같은 공간에 있어도 서로 서먹한 사이. 요즘 고양이들은 개처럼 살갑고 개와도 잘 지낸다니 나도 언니와 사는 동안은 '개

냥이'가 된 셈 치기로 했다. 평화롭게 공존하기 위해서 내가 하는 노력이라면 서로의 영역에 침범하지 않는 것, 그것밖에 없었다. 그래도 밥은 같이 먹었다. 영역 다툼을 하면서도 캣맘이 주는 밥을 함께 먹는 길고양이들처럼.

언니는 프리랜서 디자이너로 돈이 되는 것이라면 가리지 않고 했다. 나는 대학에 가지 못했으나 언니는 힘들게 대학을 졸업했다. 언니는 디자인과 상관없는 전공이었지만 국비 지원으로 웹디자인 학원에 다녔고, 지금은 디자이너로 제법 자리를 잡았다. 일이 넘치는 정도는 아니지만 먹고사는 데는 지장이 없게 들어왔다. 언니는 본업 외에도 돈이 되는 일이라면 가리지 않고 했다. 일종의 부업인 셈이었는데 해외여행을 가는 지인들의 고양이나 개를 대신 맡아주고 돈을 받았다. 그 애들에게 밥을 먹이고 산책을 시키는 건 집에서 놀고 있는 내 몫이었다.

자매라는 사실이 무색할 만큼 외모를 비롯해 무엇 하나 닮은 게 없는 우리의 유일한 공통점이라면 개와 고양이를 좋아한다는 점이었다. 우리는 단이, 호두와 함께 한집에서 서로 부딪치지 않고 잘 지냈다. 나는 언젠가는 넓은 마당이 있는 집에서 개와 고양이를 서너 마리 키우며 살고 싶었다. 사람보다 개와 고양이를 좋아하는 언니는 노년에 유기동물보호소를 운영하고 싶다고 했다. 어쩌면 언니가 부동산 앱 '직방'에 올라온 VR홈투어 매물을 클릭해 남의 집을 구경하는 이유도 가정집에 사는 개나 고양이를 쉽게 만날 수 있기 때문일 것이다.

언니가 자리에서 일어나더니 점퍼를 걸치며 말했다.

"집주인 마음 바뀌기 전에 보러 가자."

나는 언니 뒤에서 말없이 따라갔다. 찬 바람에 목이 움츠러들었다. 더 추워지기 전에 이사하는 것이 좋을 것이다. 우리는 다섯 정거장 거리인 옆 동네 부동산까지 걸어가기로 했다. 한참을 걷던 언니가 말했다.

"그 책 도서관에서 좀 빌려 와봐."

"무슨 책?"

"쌍년이 쓴 책. 우리 이야기 조금이라도 들어 있으면 고소할 거야."

지하철역에서 그 책의 광고를 봤다. 1년 동안 10만 부 넘게 팔린 베스트셀러였다. 광고판에 붙어 있는, 해외 유명 대학에서 교육학 박사 학위를 땄다는, 자신감이 넘치는 포즈를 취한 미미 언니는 어딘가 어색하고 우스꽝스러웠다. 삼류 연극배우 같다고 할까.

우리는 부동산으로 들어가 직방에 올라온 사진을 내밀며 이 집을 보여달라고 했다. 앉은 채로 졸던 남자가 자세를 바로잡으며 말했다.

"아까 전화 주신 분이군요."

중개인의 차에 올라타 조금 올라가자 언덕이 나왔다. 중개인이 가파른 곳에 차를 세우며 말했다.

"경사가 심하긴 하지만 익숙해지면 다닐 만해요. 언덕 때문에 가격도 싸고."

우리는 집 안으로 들어가자마자 구석구석 꼼꼼히 훑어봤다. 반지하지만 해가 잘 들어오는 편이었고 지금 사는 집보다 넓었다. 언덕바지라는 게 걸리긴 했지만 베란다도 있고 곰팡내도 나지 않았다. 눈빛을 나눈 우리는 누가 먼저랄 것도 없이 말했다.

"이 집으로 할게요."

"몇 개 더 봐도 되는데. 하긴 반지하인 게 흠이지만 나온 매물 중엔 이 집이 가장 넓어요."

집에서 나와 계단을 올라가는 중에 대문이 열리며 한 남자가 들어왔다. 중개인이 그에게 말했다.

"김 사장님, 이분들이 집 마음에 드신다는데?"

두 사람은 선 채로 이야기를 나눴다. 우리는 그들과

떨어져 그 집의 공용 마당을 구경하며 그들의 말에 귀를 세웠다.

"반지하 살던 자매가 집에서 개를 키우는 것도 모자라 동네 고양이들을 다 끌어모았어. 밤마다 야옹야옹. 이웃이 민원을 넣어서 얼마나 골치가 아팠던지. 월세도 제때 못 내면서 고양이 밥을 그렇게 주더라고. 참 어리석어. 고양이한테 들어가는 돈만 모았어도 집을 샀을 텐데."

중개인이 혀를 차며 말했다.

"아이고, 고생하셨네요."

언니가 그들의 대화를 끊으며 물었다.

"그런데 반려동물 키워도 된다고 나와 있던데요. 그러니까…… 애완동물 사육 불가라는 말이 없었어요."

집주인은 멋쩍은 듯 답했다.

"키우는 건 괜찮습니다. 나갈 때 청소 비용을 임차인이 부담한다는 조건으로요. 하지만 캣맘은 안 돼요. 사료에 파리 꼬이고……. 한마디로 민폐거든요."

집주인이 입꼬리를 올려 웃으며 중개인에게 말했다.

"이제부터 계약서에 길냥이 밥 주기 금지 조항도 넣어야겠어."

집주인이 자신의 집으로 올라가자 중개인이 우리를 향해 기계적인 웃음을 지으며 말했다.

"자, 다음 집으로 가시죠. 하나만 더 보여드릴게요. 이 집과 조건이 비슷한 집이 있습니다."

다시 중개인의 차에 올라타 30미터쯤 움직였을 때 언니가 입을 열었다.

"요 앞에 세워주세요. 여기까지만 볼게요."

나도 언니를 따라 내리며 중개인에게 말했다.

"화장실이 급한가 봐요. 죄송합니다. 다시 연락드릴 게요."

언니는 씩씩거리며 화를 냈다.

"나쁜 놈들."

나는 언니의 뒤에서 미끄러운 눈길을 따라 내려가며 대꾸했다.

"우리한테 한 소리도 아닌데 뭐."

언니는 빠르게 걸으며 답했다.

"우리한테 한 소리가 아니라고? 개 키우고 길냥이 밥 줘서 쫓겨나는 사람이 우리가 아니라는 듯이 말하네?"

한 번도 본 적 없는 그들에게 동질감을 느낀 건 사실이었다. 집에서 다섯 정거장 떨어진 곳에서 다세대주택 반지하에 사는 사람들이, 그것도 자매가 개를 키우고 길고양이 밥을 챙겨주고 있었다니. 꼭 우리처럼.

한참을 씩씩거리며 걷던 언니는 다리가 아프다면서 건너편 편의점에서 커피를 마시자고 했다. 나는 편의점에 들어가 뜨거운 캔 커피를 하나 사서 나왔다. 커피 캔을 쥐고 있으니 덜 추운 것 같았다. 우리는 편의점 앞 테이블에 앉아 커피를 번갈아 한 모금씩 마시며 몸을 녹였다.

"그런데 언니, '길냥이 밥 주기 금지'라고 계약서에 넣을 수 있는 거야?"

"글쎄, 집주인이 그렇다면 그런 거겠지."

"말도 안 돼. 집 밖에서 일어나는 일이잖아. 자기들이 무슨 권리로?"

"건물 안에서는 안 주고 건물 밖에서 주면 되지 않을까?"

언니는 자리에서 일어나 캔 커피를 쓰레기통에 던져 넣고 다시 앞서갔다. 나는 이번에도 뒤에서 따라가며 물었다.

"가난한 사람들이 길냥이에게 밥을 챙겨주는 이유가 뭘까? 2층 사는 사람도, 주인집도 길냥이 밥 안 챙겨주잖아. 늘 우리가 챙겨줬잖아. 그 건물에서 우리가 가장 가난한데 말이야."

언니는 걸음의 속도를 늦춰 뒤를 돌아봤다.

"그야 그 사람들한텐 안 보이니까 그렇겠지. 우리는 자꾸 마주치잖아."

그 순간 눈앞에 빛이 번쩍이며 금이와 처음 만난 순간이 떠올랐다.

지금 사는 집에 처음 이사 온 4년 전 겨울, 금이는 '꼬리'로 처음 자신의 존재를 알렸다. 새벽에 일어난 내가 언니 방에 들어갔을 때였다. 무언가가 창문 위에서 꿈틀거렸다. 창문 유리에 스며든 빛 때문에 눈이 부셨다. 밤새도록 디자인 작업을 한 언니는 자신이 헛것을 본 줄 알았다고 했다. 나는 하품을 하며 물었다.

"설마 밤샌 거야?"

언니는 입술에 손가락을 대며 말했다.

"조용히 해. 고양이 있어."

우리는 현관문을 열고 나가 고양이를 찾았다. 금빛 고양이가 언니 방 창문 옆에서 가늘게 울고 있었다. 어서 밥을 내놓으라는 듯이.

"배고픈가봐."

언니는 다시 집 안으로 들어가더니 사료를 들고 나왔다.

"개 사료를 줘도 될까?"

고양이가 그릇에 입을 대고 사료를 한 입 먹다가 뱉었다. 언니는 밖으로 나가 편의점에서 고양이 사료를 사 왔다. 마당으로 유인해 그릇에 고양이 사료를 담아 내밀자 고양이가 먹기 시작했다. 참치 캔도 따서 놓아주자 허겁지겁 순식간에 먹어치우고는 배를 보여줬다. 언니가 웃으며 말했다.

"요 녀석 생각보다 쉬운데? 참치 캔 하나에 배를 보여주다니."

언니는 금빛 털을 가진 고양이에게 '금이'라는 이름을 붙여주었다. 이후로 금이는 툭하면 찾아와 당당히 참치 캔을 내놓으라고 요구했다. 금이는 배가 불룩했다. 새끼를 낳을 시기가 가까워오고 있었고, 금이가 우리를 선택한 것이다. 이 삭막한 인간 세상에서 새끼를 낳아 키우는 동안 자신을 돌볼 권리를 우리에게 하사한 것이다. 집사. 그래서 집사구나. 언니는 온라인 쇼핑몰에서 참치 캔을 한 박스 주문했다.

어느 날 아침, 마당에 나갔다가 입이 벌어졌다. 금이가 어디선가 낳은 아기 고양이 서너 마리를 달고 와 밥그릇 옆에 앉아 밥을 달라고 재촉하고 있었다. 이후로 새끼 고양이들은 우리 집 공용 마당에서 젖을 먹었다.

우리는 금이가 수유를 잘할 수 있도록 간식을 사다 날랐고, 밤에도 먹으라고 그릇에 사료를 넉넉히 넣어두었다. 금이는 새끼로 모자라 친구도 데려왔다. 금이 친구 청이는 자기 아이들을 데려와 밥을 먹였다. 그렇게 마당을 오가는 고양이가 늘어나기 시작했다. 나중에는 셀 수 없을 정도로 늘어났는데 새벽에는 밥그릇 쟁탈전이 벌어졌다. 주인아저씨가 고양이들을 쫓으며 소리치고 문을 크게 여닫는 소리가 심심찮게 들렸다.

언니는 고민 끝에 마당의 밥그릇을 치운 뒤 모자를 눌러쓰고 집 밖 골목에서 밥을 줬다. 나도 언니와 함께 다녔다. 캣맘이 되자 난생처음 듣는 욕이 귓가에 날아왔다. 가끔 생명의 위협도 느꼈다. 그렇지만 집에서 쫓겨나게 될 거라고는 예상하지 못했다.

옆 동네에서 집으로 돌아오는 길에 까맣게 잊고 있었던 어린 시절의 일이 떠올랐다. 부모님은 가난했다. 늘 배가 고팠던 걸 보면 그랬다. 하지만 작은 마당에 뛰어 들어온 다리를 저는 강아지를 내치지 않았고 새끼를 밴 고양이가 쓰레기통 뒤지는 것을 보고 음식을 던져줬다. 가난해서 어리석어진 걸까. 어리석어서 가난해진 걸까. 내 부모는 무지할지언정 악한 사람은 아니었을 거라는 생각이 처음으로 들었다.

이틀 뒤, 언니는 저녁 시간에 내게 옷을 입으라고 했다. 한 손에는 검은 봉지를 들고 있었다. 이 밤에 어딜 가자는 거지? 나는 일단 따라나섰다. 언니가 데려간 곳은 중개인이 보여줬던 언덕 집이었다. 언니가 그 집 근처에 사료를 담은 그릇을 놓으며 한숨을 쉬었다.

"이 집 자매가 이사 갔으니 밥 줄 사람이 없을 거 아니야."

그렇게 이틀에 한 번씩 다섯 번 그 동네 길고양이들에게 밥을 챙겨줬다. 우리 집에서 그 집까지는 걸어서 왕복 한 시간이 넘었다. 버스를 탄 것은 단 한 번뿐이었다. 운동을 핑계로, 사실은 돈을 아끼려고 다섯 정거장 거리를 매번 걸어 다녔다. 겨우 다섯 번인데도 이웃 동네 길고양이들은 우리를 알아보고 아양을 떨었다. 나는 언덕을 내려오며 툴툴댔다.

"이럴 거면 차라리 여기로 이사 오자."

나는 그게 무슨 소리냐는 듯 쳐다보는 언니에게 말했다.

"이렇게 걸어서 매번 올 거면 여기 살면서 몰래 챙겨주면 되잖아. 안 그래?"

언니의 동공이 흔들렸다. 우습게도 '맞아, 그런 방법이 있었지' 하는 눈치였다. 길고양이에게 밥을 주는 사람을 어리석다고 말한 인정머리 없는 집주인이 소유한 집에 들어갈 명분이 생긴 것이다. 우리가 언덕에 있는 집에 들어가는 이유는 반지하치고는 상태가 좋은 그 집에 살고 싶어서가 아니라, 갑자기 캣맘을 잃고 방황 중인 옆 동네 길고양이들에게 밥을 주기 위함이었다.

이사까지는 속전속결이었다. 언니는 결심하면 즉시 실천하는 사람이었다. 이사 업체를 부르고, 견적을 받고 흥정을 통해 이사비를 조금 깎고 밤새 짐을 싸서 옆 동네로 이사하기까지는 그로부터 일주일이 채 걸리지 않았다. 그 와중에도 언니는 어서 이사를 가서 길고양이들 밥을 챙겨줘야 한다며 그사이 혹시나 아이들이 굶어 죽기라도 할까 걱정했다.

이사하던 날 금이는 우리가 떠나는 걸 받아들이지 못하겠다는 듯 굳은 표정으로 담장 위에서 짐을 옮기는 인부들을 구경했다. 트럭에 이삿짐을 싣고 단이, 호두를 안은 채로 조수석에 끼어 앉은 우리는 차창 밖으로 4년 동안 우리를 품어준 반지하 집을 내려다봤다. 언니가 걱정스러운 얼굴로 말했다.

"이제 여기 냥이들 밥은 누가 챙겨줄까. 금이는 어떡해?"

"뭘 걱정해. 이사 오는 사람들이 챙겨주겠지."

근거 없는 믿음이지만 마음이 따듯해졌다. 반지하에 이사 올 사람들은 금이와 금이의 친구들을 '만나게' 될 테고, 우리가 그랬던 것처럼 고양이 사료를 사러 편의점으로 달려갈 거라고 믿고 싶었다. 어쩌면 우리가 금이와 처음 만난 날, 금이는 우리 집에 처음 들른 게 아닐지도 모른다는 생각이 그제야 들었다.

새로운 집에 도착한 언니는 이삿짐을 대충 정리한 다음 말했다.

"이사 날에는 짜장면 먹어야지."

언니의 표정이 밝아졌다. 언니가 무슨 생각을 하는지 알 것 같았다. 어렸을 때 우리는 이사를 자주 다녔지만 그것이 마냥 싫지만은 않았다. 새집에 이삿짐을 푼 다음에는 엄마가 짜장면과 짬뽕을 시켰다. 덕분에 이사 날은 신이 났다. 그러고 보니 불행 속에서도 반짝이는 순간이 존재했다.

"왜 그랬을까?"

"누가? 뭘?"

"엄마 아빠. 왜 우리를 그렇게 대했을까."

"마치 투명인간 대하듯이?"

"늘 그랬던 건 아니지만 마치 우리를 집 안의 의자나 물건 대하듯이 했잖아."

언니가 짜장면을 오래도록 씹은 뒤 말했다.

"독립심을 길러주려고? 우리를 고양이로 생각했던 게 아닐까. 이를테면 산책냥이. 어쨌든 집에서 쫓아내진 않았잖아."

언니는 이럴 때면 언니 노릇을 하려 들었다. 본인은 엄마 아빠 욕을 심하게 하면서도 내가 그들을 욕하면 그 정도는 아니었다고 이야기하는 식이었다.

"아빠는 우리보다 의자를 좋아했지. 의자 다리 부러트렸다고 귀싸대기 맞았던 거 기억나?"

나는 짜장면을 후루룩 삼키며 말했다.

"아니, 언니는 별걸 다 기억하네."

엄마 아빠에 대한 기억은 이제 흐릿했다. 우리가 초등학교를 다닐 때 엄마 아빠는 이혼했다. 우리는 외할머니 댁에 맡겨졌고 고등학교를 졸업할 무렵 할머니가 돌아가셨다. 고아나 다름없는 삶이었고 세상천지에 언니와 나, 둘뿐이었지만 우리는 서로 살갑게 대하지 못했다. 그래도 서른을 앞둔 지금, 내가 의지할 사람은 언니뿐이었다.

언니의 눈이 조금씩 커졌다. 언니는 양손으로 자기 머리카락을 움켜쥐며 소리쳤다.

"의자! 마당에 놓고 왔어. 누가 가져가면 어쩌지?"

나는 코웃음을 치며 답했다.

"누가 가져가, 그런 걸."

어린 시절 아버지가 만든 의자를 언니는 살뜰히 챙겼다. 그만 버리라고 해도 부러진 다리를 다시 붙여가며 보관했다. 나는 그 의자를 두고 언니의 애착 의자라고 놀렸다. 녹색이었던 의자는 보라색, 노란색, 회색으로 색깔을 여러 번 바꾸다가 전에 살던 집 마당에 놓인 이후 껍질이 다 벗겨져 지금은 그냥 나무 색깔이다. 그런데 이상했다. 우리를 방치해둔 부모에 대한 기억은 희미한데 그 여자, 쌍년에 대한 기억은 선명했다. 시도 때도 없이 떠올라 괴로울 정도로.

미미 언니를 알게 된 것은 그 의자 때문이었다. 초등학교에 들어가기도 전이었다. 유치원을 다닌 적이 없는 우리는 아침에 부모가 집을 나서면 마당에서 흙 놀이를 했다. 하루는 이웃집 고양이가 의자 위에 앉아 있는 걸 발견했다. 가끔 담장에 앉아 있긴 했지만 담을 넘어온 건 처음이었다. 고양이는 봄날의 나른함을 온 몸으로 표현했다. 지루하다는 듯 기지개를 켠 뒤 하품을 했다. 녹색 의자 위에 앉은 갈색 고양이는 그림처럼 예뻤다. 그 고양이로 인해서 평범하기 짝이 없는 녹색 의자가 특별해 보였고, 시공간을 가로질러 다른 세계에 들어와 있는 기분을 느꼈다. 언니가 고양이에게 물었다.

"이름이 뭐야?"

그 순간 위에서 낙엽이 우수수 떨어져 내리며 목소리가 들려왔다.

"미미야."

머리 긴 여자가 담장 위에서 우리를 내려다보고 있었다.

"얘들아, 안녕? 나는 미미 언니야. 나 들어가도 되지?"

언니는 홀린 듯 고개를 끄덕였고 그녀는 담장을 넘어 우리 집 마당으로 들어왔다. 그 몸놀림이 고양이처럼 가벼워서 이상하다는 생각이 전혀 들지 않았다. 언니는 혼자 사는 고모를 보러 왔다고 했다.

그녀는 우리가 하루 종일 집에 방치돼 있는 걸 알고 있었다. 집 안으로 들어온 미미 언니는 오랜 시간 청소를 했다. 청소를 마친 뒤에는 앞치마를 두르더니 국을 끓이고 반찬을 만들어 우리에게 먹였다. 우리는 그녀를 미미 언니라고 불렀는데 언니의 진짜 이름은 진영이었다. 나는 기억나지 않지만 언니는 미미 언니와 몇 번 함께 와서 문고리를 수리하고 막힌 변기를 뚫어준 미미 언니의 남자친구가 미미 언니를 진영이라고 부른 것을 몇 번이나 들었다고 했다.

 꿈결 같은 시간이었다. 반년 동안 미미 언니는 담장을 넘어 우리 집으로 들어와 우리를 챙겼다. 먹이고 씻기고 같이 놀아줬다. 마치 엄마처럼. 그러던 어느 날 갑자기 발길을 끊었다. 처음에는 무슨 안 좋은 일이 생겼나 싶어서 걱정했고 나중에는 화가 났다. 미미 언니를 기다리던 언니는 점점 피폐해져갔다. 미미 언니가 유학을 갔다는 사실은 한참 뒤에야 알게 됐다. 미미 언니의 고모는 미미 언니의 사진을 한 장 내게 주었다. 미미와 함께 찍은 사진이었다. 그 집 마당 잔디 위에 미미 언니가 고모에게 맡기고 간 미미가 누워 있었다. 하다 말 거면 시작을 말았어야 했다. 그 일은 큰 상처를 남겼고, 이후로 언니는 어느 누구도 믿지 않는 사람이 되었다.

 "우리를 실험 대상으로 삼은 걸 거야. '방치된 아이에게 관심을 쏟아주었을 때 아이가 보이는 반응' 같은 게 논문 주제였을 거야."

 "나는 미미 언니를 쌍년이라고 생각하지 않아. 그냥 바빠서 인사를 못 하고 간 걸 거야."

 "그 여자 두둔하지 마. 우리를 유기견쯤으로 본 거야.

자기 남자친구를 데려왔었잖아."

 남자친구에게 잘 보이고 싶어서 반년이나 옆집에 사는 방치 아동들을 돌보는 자원봉사를 했다고? 납득할 수 없었다.

 "우리가 길냥이와 유기견이라도 돌볼 수 있게 된 건 미미 언니 덕분인지도 모르잖아."

 내 말에 언니는 코웃음을 쳤다. 사실 나도 머릿속이 복잡했다. 우리는 그 여자의 허영심을 채우는 도구였을까? 미미 언니의 남자친구는 우리를 돌보는 미미 언니를 따듯한 눈길로 바라보곤 했다. 그녀의 의도가 무엇이었든 간에 미미 언니가 집에 들어와 있는 동안 나는 행복했다. 사랑받고 있다고 느끼는 것이 행복이라면 완벽하게.

 이튿날 다시 살던 집으로 갔다. 의자가 그대로 있을까. 페인트칠을 한 뒤 말리려고 내놨다가 의자에 올라선 고양이들을 보고 그냥 마당에 둔 지 꽤 되었더랬다. 고양이들은 그 의자를 좋아했다. 그 위에 올라가서 졸기도 했고 서로 차지하려고 싸우기도 했다.

 "아직 있을 거야. 집주인은 마당 한번 내다보지 않잖아."

회사원인 듯한 50대 남자 집주인과는 사는 동안 대화를 제대로 나눠본 적이 없었다. 그는 매일 밤 양복 차림으로 대문을 열고 들어와 터벅터벅 3층으로 올라갔다. 어쩌다 마주치면 눈인사를 나누었을 뿐 이웃이라는 생각이 들지 않았다. 그 전에 살던 집주인 아줌마와 다르게 잔소리를 하지 않아 세입자 입장에서는 편했다. 가끔 그가 사춘기 아들과 싸우는 소리를 들었다. 그 애는 고양이를 싫어했는데 학교 마치고 돌아와 공용 마당에서 밥을 먹는 금이에게 발길질을 하곤 했다. 금이의 비명 소리를 들은 내가 뛰쳐나가면 아이는 쏜살같이 3층으로 올라가 문을 잠갔다. 이후로 마주쳤을 때 슬슬 피했던 걸 보면 자신이 잘못한 줄은 아는 것 같았다.

1층 사는 할머니는 마당에서 벌레처럼 생긴 해바라기씨 껍질을 까곤 했다. 그녀는 몸이 불편해 보였는데 어쩌다 마주치면 젊을 때 건강관리 하라는 말을 반복했다. 귀가 잘 들리지 않아 고양이 우는 소리가 난다고 불평하진 않았지만 명절 때면 이런 날에는 반드시 부모님을 찾아가야 한다고 잔소리를 했다. 정작 그런 그녀에게 찾아오는 사람은 아무도 없었다. 2층에 사는 젊은 부부는 호프집을 운영한다고 들었는데 이웃과의

교류를 원하지 않는다는 듯 마스크와 모자를 착용하고 다녀서 마찬가지로 말을 섞을 기회가 없었다. 옥탑방에 사는 대학생과는 가끔 대화를 나눴다. 그녀는 무거운 전공 서적을 들고 다녔고 저녁 시간에는 편의점 도시락을 손에 들고 위로 올라갔다. 가끔 친구들과 함께 옥상에서 삼겹살을 구워 먹었는데 그런 날은 친구들과 술을 사러 아래층으로 내려왔다가 우리 집 앞에서 담배를 피워 창문을 닫아야 했다.

대문을 열고 들어가자 의자가 보였다. 의자 위에 금이가 앉아 있었다. 금이도 우리를 다시 만나서 기분이 좋은지 내 다리에 몸을 비비며 가르릉 울었다. 언니가 가방에서 사료를 꺼내 건네자 금이는 허겁지겁 먹었다. 역시 굶은 것 같았다. 그때 대문을 열고 옥탑방 학생이 들어왔다.

"이사 간 거 아니었어요?"

언니가 답했다.

"두고 간 게 있어서요."

"아저씨가 이제 반지하 세 안 놓을 거래요. 자꾸 세입자들이 고양이 밥을 준다고 올해까지는 비워뒀다가 내년에 아저씨가 반지하로 내려와 살고 3층을 세놓을 거래요."

집으로 돌아오는 길에 언니는 걸을 기운이 없다면서 버스를 타자고 했다. 버스에 올라 자리에 앉은 언니가 창밖을 보며 말했다.

"고약한 인간. 길냥이 밥 주는 게 그렇게 싫어? 걔들이 죽으면 자기한테 무슨 좋은 일이라도 생긴대?"

언니는 자신 때문에 길고양이들이 아예 밥을 못 얻어먹게 생겼다면서 이제 그 집에 가지 말자고 했다. 하지만 사흘째 되는 날 다시 배낭을 메고 일어났다.

"두 번만 더 가자. 금이가 또 새끼를 밴 것 같았어. 기다리고 있을 거야."

그렇게 우리는 한 달 동안 주 2회 길고양이 밥을 주기 위해서 전에 살던 집을 방문했다. 주인아저씨는 대체로 밤에 취해서 들어왔으므로 초저녁에는 마주칠 일이 없었다.

대문을 열고 들어선 순간, 언니는 무언가를 보고 놀라며 뒷걸음질 쳤다.

"왜 그래?"

어디선가 피비린내가 났다. 몸이 굳어 발을 뗄 수가 없었다. 언니가 벽에 기대어 있는 의자를 쳐다보며 말했다.

"금이 아니야?"

금이가 의자 아래 누워 있었다. 피를 토한 채로. 언니는 뒷걸음질 치다가 대문을 열고 나갔다.

"언니!"

불러도 답이 없었다. 급발진 자동차처럼 앞으로 나아갔다. 어릴 때부터 그랬다. 언니는 화가 나면 엉덩이에 불이 붙은 것처럼 달려 나갔다. 한참을 달리던 언니가 바닥에 주저앉았다. 쫓아가던 나는 멈춰서서 숨을 몰아쉬며 물었다.

"언니, 괜찮아?"

언니의 눈에서 눈물이 흘러내렸다.

"내가 뭐라고. 책임질 능력도 없으면서……. 그러지 말았어야 했어."

나는 언니의 등을 어루만지며 말했다.

"언니는 잘못한 게 없어."

언니가 고개를 저었다.

"나 때문에 죽었어. 우리를 기다리며 계속 그 주변을 맴돌았을 거고, 그러다가 쥐약을 먹고 살해당한 거야. 우리를 그리워하다가 죽은 거라고. 내가 밥만 주지 않았다면, 이사한 이후로 미련을 버렸더라면 이런 일은 벌어지지 않았을 거야. 내가 선을 넘었어. 영역 침범을 해서 금이에게 죽음이 내린 거야."

언니는 입을 막고 울다가 손으로 눈물을 훔치며 일어났다.

"다시는 돌아보지 말자! 이 동네에 얼씬도 하지 말자고. 알았지?"

"그래. 그런데 금이 저대로 두고 갈 거야?"

언니는 그대로 멈춰 서더니 마당으로 돌아가 맨손으로 금이를 들어올려 마당의 커다란 화분에 묻었다. 그리고 잠시 묵념을 한 뒤 의자를 들고 건물 밖으로 나왔다. 집으로 돌아오는 길에 언니는 아이처럼 엉엉 울었다. 나는 아무 말도 하지 않았지만 울화통이 터지는 건 어쩔 수 없었다.

언니는 몸져누웠다. 자신의 선행이 금이에게 해를 입혔다는 사실에 충격을 받은 것 같았다. 주제 파악도 못 하고 착한 척하다가 고양이를 죽였다고 자책하는 언니를 나는 그냥 내버려뒀다.

며칠 동안 앓다가 자리에서 일어난 언니는 캣맘 일을 그만두겠다고 선언했다. 나도 그만두는 게 낫다고 생각했다. 캣맘을 적당히 할 수는 없었다. 밥을 적당히 준다? 일주일에 한 번만 준다? 그럴 바에 그만두는 게 나았다.

언니는 결심한 것을 즉시 실천했다. 밤에 길고양이

들이 밥을 달라고 창문 밖에서 울어댔지만 눈 하나 깜짝하지 않았다. 매몰차게 길고양이들을 외면했다. 언니는 콧노래를 부르며 고양이들을 스쳐 지나갔다. 고양이들도 당황한 눈치였다. 그렇게 일주일이 지나자 하나둘 고양이들이 발길을 끊기 시작했다. 한 달이 흘렀을 때는 고양이를 마주치는 것이 힘들어졌다. 언니는 캣맘을 그만둔 것과 동시에 술도 끊었다. 부동산 앱도 삭제했다. 일중독자처럼 하루 종일 컴퓨터 앞에 앉아 일을 했다. 더 이상 집주인의 눈치를 볼 일이 없어서 좋았지만 고양이 밥을 주러 밖으로 나가는 언니를 더 이상 볼 수 없다고 생각하니 슬펐다. 무언가를 잃어버린 듯 가슴 한구석이 허전했다.

해가 바뀌고 한파가 찾아왔다. 언니는 동파 예방을 위해 물이 한 방울씩 흐르도록 수도꼭지를 살짝 열어뒀다. 나는 떨어지는 물소리를 들으며 수면을 청했다. 자정이 넘은 시각, 울음소리가 들려왔다. 언니가 내 방으로 들어와 물었다.

"무슨 소리지? 아기 울음소리 들리지 않아?"

나는 몸을 일으키며 말했다.

"아기 고양이 같은데?"

우리는 점퍼를 걸치고 밖으로 나갔다. 소리의 진원지는 단층 건물인 옆집 지붕 위였다.

"어떡하지? 이 추운 날. 얼어 죽을 거 같은데."

잠시 고민하던 언니는 사다리를 놓고 올라갔다. 내 눈에 눈물이 차올랐다. 언니가 다가가 손을 뻗자 아기 고양이는 자지러지게 울었다. 가슴이 세차게 뛰며 눈물이 흘러내렸다. 언니가 손바닥만 한 고양이를 손으로 잡아 들어 올린 순간, 고양이는 목소리를 낮춰 작게 울었다. 언니는 아기 고양이와 눈을 맞춘 채로 환하게 웃었다. 아기 고양이를 품에 안은 언니가 사다리를 타고 내려와 땅에 발을 내디딘 순간, 나는 그만 엉엉 울고 말았다.

작가 노트

건강히 잘 지내시나요?

　언제부터였을까. 밤에 잠자리에 누워서 스마트폰으로 직방에 올라온 VR홈투어 속으로 걸어 들어가 헤매어 다닌 것이. 코로나가 시작되던 때였던 것 같다. 당시는 코로나 때문에 직접 집을 방문하는 것이 힘들었기 때문에 온라인에서 손품을 팔아 집의 구조 등을 알아본 다음에 계약하는 사람들이 있었다. 나 역시 VR 홈투어 덕분에 발품을 팔지 않고, 마스크도 쓰지 않고도 수없이 많은 집에 방문해서 집 구경을 할 수 있었다. 처음에는 잠자리에서만 하던 집구경을 나중에는 낮이고 밤이고 간에 시도 때도 없이 했다. 처음에는 내가 사는 동네에 있는 아파트에 들어가 구경했고, 나중에는 내 예산으로는 살 수 없는, 누구나 들어가 살고 싶어 한다는 유명 브랜드 아파트에 들어가 느긋하게 거닐었다. 클릭 한 번으로 부산, 대구 같은 지방 아파트를 구경하며 서울과 경기도에서 벗어나 다른 지방으로 내려가 살아보면 어떨까 하는 생각도 했다. 남의 집 서재를 구경하면서 혹시 내 책이 꽂혀 있지 않나 유심히 살펴보기도 했다. 헬스장처럼 꾸며놓은 방이라든가, 옷가게처럼 옷으로 가득 찬 방을 보면서 그 집에 사는 사람들의 직업을 상상하곤 했다. 신발도 벗지 않고 현관문을 열고 들어가 거실부터 안방, 아기 방, 고양이 방까지 구경하다 보면 기분이 이상했다. 투명인간이 된 기분이랄까. VR홈투어는 가상의 공간이지만 모델하우스와는 다르게 실제로 사람들이 사는 공간을 찍은 것이기에 내가 거니는 공간에 누군가 함께 있는 것 같았고, 그의 삶을 엿보는 기분이 들었다. 가상의 공간이지만 현실처럼 느껴진달까. 살림살이를 둘러보며 그 집에서 사는 사람들의 생활을 상상하게 되었다. 집 안이 멋지게 꾸며져 있거나 따뜻한 분위기가 연출되어 있으면 그 집에서 살고 싶다는 생각까지 들었던 것 같다. 집을 사는 것이 행복을 사는 것이 아님에도.

오랜 시간 전셋집과 월셋집을 전전하면서 자연스럽

게 집을 사야겠다는 생각을 하게 되었다. 단순히 거처를 옮겨 다니는 게 싫어서가 아니다. 집을 사야겠다고 결심한 이유 중 하나는 반려견 때문이었다. 나는 개를 사랑하고 개가 없는 삶을 상상할 수 없는 사람인데 내가 살던 집의 주인들은 세입자가 동물을 키우는 것을 반기지 않았다.

연희동 다세대주택에 세 들어 살 때였다. 주인아줌마는 집 앞에서 나와 개를 마주칠 때마다 농담처럼 말하곤 했다.

"개 좀 그만 키우지."

나는 기어들어가는 목소리로 말했다.

"대신 맡아줄 데가 없어서요."

"산에 풀어주면 되지."

아줌마가 웃으며 말했으므로 그 말이 농담인지 진담인지는 알 수 없었다.

어떤 집주인은 강아지 몫까지 수도세를 내라고 했고, 어떤 집주인은 계약 기간이 끝나 이사할 때 도배, 장판비를 제외한 보증금을 돌려줬다. 나는 강아지 몫의 수도세를 냈고, 도배 장판 비용을 지불했다. 내 집이 아닌 집에서 개를 키우려면 그 정도는 감수해야 한다고 생각했다.

처음 '애완동물 사육 불가'라는 말을 들었을 때 어안이 벙벙했다. 그 말은 세입자가 반려동물을 키우는 것을 부정하는 말임과 동시에 조롱이 스며 있는 말이었다. 집도 없이 여기저기 옮겨 다니는 주제에 무슨 반려동물을 집에 들이냐는 뜻이었을까. 동물을 가족으로 생각하면서 정을 주고 함께 살 자격은 집이 있어야만 생기는 걸까. 어쨌거나 남의 집에서 동물을 키우는 것이 폐를 끼치는 것이라는 주장에는 반박하기가 쉽지 않았다.

개를 키우는 것을 반대하지 않은 집주인이 한 명 있었다. 연남동 반지하집. 개를 키워도 되냐고 묻자 팔순이 넘어 보이는 주인 할아버지는 이렇게 말했다.

"가족인데 어쩔 수 없죠."

그 집으로 이사하던 날, 그는 우리 집 개 범이에게 잘 지내보자고 말을 건넸다. 사는 동안에도 길에서 마주치면 강아지들이 건강히 잘 있냐고 물었다. 그는 화가였다. 그의 집을 가득 메운 그림 한편에 우리 집 강아지들도 그려져 있을까. 가끔 주인집에 올라갈 일이 있을 때 나는 집 안 곳곳에 세워진 그림들을 빠르게 훑어보곤 했다.

13년이 흐른 지금, 나는 내가 찾던 그림이 어디에

보관되어 있는지 알게 되었다. 요즘 개들이 나이가 들어 자주 아파서인지 문득문득 그 집에서 보낸 시간들이 눈앞에 그려진다. 지금은 노령견이 된 개들이 아기 강아지이던 시절, 그 집 베란다에서 놀고 있을 때 위층 베란다에 나와 있던 할아버지가 아래층을 내려다보며 범이의 이름을 불렀고, 범이가 그에 화답하듯 짖었던 장면은 그림처럼 선명하다. 자전거를 탄 그가 나와 범이를 스쳐 지나가며 인사를 했던 장면도. 그 집에서는 겨우 열 달을 살았는데 행복한 순간이 많았다. 그때는 무심코 흘려보낸 시간들이 천천히 되살아난다. 그림처럼 눈앞에 아른거린다.

"건강히 잘 지내시나요?"

내가 키우는 개를 가족으로 인정해준 단 한 명의 집주인, 이 소설은 그에게 전하는 안부이기도 하다.

마빈 히메이어 씨의
이상한 기계

장강명

작가 노트
전모를 알 수 없는 붕괴와
분노하지 않는 포도

1975년 서울 출생. 2011년 〈한겨레문학상〉을 수상하며 작품 활동 시작. 소설집 『당신이 보고 싶어하는 세상』. 짧은소설 『종말까지 다섯 걸음』. 연작소설 『뤼미에르 피플』 『산 자들』 등. 장편소설 『표백』 『열광금지, 에바로드』 『호모도미난스』 『한국이 싫어서』 『그믐, 또는 당신이 세계를 기억하는 방식』 『댓글부대』 『우리의 소원은 전쟁』 『재수사』 등. 〈한겨레문학상〉 〈문학동네작가상〉 〈오늘의작가상〉 등 수상.

1

'통화 가능할 때 연락 주세요. 루바토빌 301호.'

301호에서 문자메시지를 받았을 때 희정은 두 가지 생각을 했다. 하나는 '주차 제대로 하라고 문자 보내지 말걸, 괜히 전화번호만 가르쳐줬네', 다른 하나는 '이번에는 또 무슨 난리를 치려고 그러나'.

한 달 전쯤 희정은 집에서 제자리 뛰기를 할 수 있다는 '트램펄린 스텝박스'를 온라인 쇼핑으로 사서 딱 하루 운동을 했는데 다음 날 현관문에 메모지가 붙어 있었다. '실내에서 운동 자제 부탁드립니다. 층간 소음……' 사람 빡치게 하는 재수 없는 말줄임표가 인상

적이었다. 그 뒤로 301호 커플이 쓰는 소형차가 사람이 지나가기 어려울 정도로 건물 입구에 바짝 붙어 세워져 있을 때 희정은 자동차 유리창에 적힌 전화번호로 문자메시지를 보냈다. '주차 매너……'

희정에게는 결정 내려야 할 일을 막판까지 미루는 안 좋은 버릇이 있었다. 루바토빌 1층 현관 앞에 와서야 301호로 전화를 걸었다. 용건을 묻자 301호 여자는 건물 입주민 전체가 자기 집에 모여 회의를 하고 있다며 와달라고 했다.

"무슨 일인데요? 그리고 저 지금 러닝 하고 막 돌아온 참이라 좀 씻어야 하는데요."

그때까지만 해도 근처 공사장에서 나는 소음을 어떻게 대응할 거냐 따위의 얘기겠거니 여겼다.

"이게 얘기가 긴데요, 와서 말씀 들으시는 게 나을 거 같아요. 씻고 오시면 언제까지 오실 수 있을까요?"

희정은 급한 메일을 보낼 게 있어서 시간을 장담할 수 없다고 대꾸했다. 그랬더니 상대는 알겠다면서 "지금 여기서 저희가 나누는 얘기보다 더 급한 일은 없을 거예요"라고 덧붙였다. 희정은 일부러 아주 천천히 샤워를 했는데 머리를 말릴 때쯤에는 어차피 한판 붙어야 한다면 대결을 미루지 않겠다는 각오 비슷한 감정이 일었다.

　희정은 301호에 처음 들어섰을 때의 풍경을 기이할 정도로 생생하게 기억한다. 현관에 신발이 참 많았고 모두 다른 종류였다. 스니커즈, 단화, 샌들, 농구화……. 희정은 슬리퍼를 신고 갔다. 왠지 발냄새가 날 것 같아 얼굴을 찌푸렸지만 실제로는 좋은 향기를 맡았던 것도 기억한다. 301호 커플이 향수와 향초를 애용하고, 집 곳곳에 삼나무 숲 향 룸 미스트를 뿌렸음은 나중에 알게 되었다. 301호 커플까지 포함해 여덟 명이 거실에 있었는데 어떤 사람은 식탁 의자에, 어떤 사람은 리클라이너에, 어떤 사람은 안마 의자에, 어떤 사람은 좌식 자전거의 안장에, 어떤 사람은 그냥 바닥에 깔아놓은 방석 위에 앉아 있었다. 사람들의 표정이 너무 심각해서 희정은 그 분위기에 압도되었다.

　희정이 사는 401호와 구조는 같은데 집을 꾸민 방식이 달라서 더 생경했다. 자신이 뭔가 비현실적인 공간에 들어왔다는 느낌을 본격적으로 이야기를 듣기 전부터 받았던 것으로 기억한다. 원래도 루바토빌은 기본 인테리어를 20대 취향에 맞추어 깔끔하고 세련되게 갖춘 신축 건물이었는데, 301호는 내부를 더 아기자기하게 꾸며놨다. 벽에는 영화 「그랜드 부다페스트 호텔」과 「판타스틱 Mr. 폭스」의 포스터가 걸려 있었고, 곳곳에 봉제 인형과 사진 액자 들이 놓여 있었으며, 따뜻한 색감의 커튼도 예뻤고, 바닥에는 기하학적인 패턴의 러그가 깔려 있었다. 그 러그 위에, 테이블 위에, 봉제 인형과 사진 액자 들 옆에 어울리지 않는 A4지 사이즈의 서류들이 여러 장 놓여 있었다.

희정은 301호 남자의 안내를 받아 그 거실에 들어서며 최대한 퉁명스러운 말투로 물었다.

"뭐예요, 이게?"

그리고 모든 게 바뀌었다.

"등기부등본은 확인 안 한 거야?"

표현은 다르지만 같은 내용의 질문들을 이후로 수없이 받았다. 마음을 다스릴 수 있을 때 그런 질문을 받으면 "제가 한 번만 더 이야기하면 천 번쨌데요" 하고 설명을 시작했다. 다소 까칫한 기분일 때는 "다가구주택이랑 다세대주택 차이가 뭔지 아세요?" 하는 질문으로 설명을 시작했다. 그럴 때면 "나 바보 아니라고! 너희들도 내 처지에 있었으면 똑같이 당했을 거라고!"라며 고함을 치고 바닥을 내리치고 싶었다.

301호 언니(이제 언니라고 부르자)가 자신들이 전세

사기를 당한 것 같다고 말했을 때 희정이 제일 먼저 꺼낸 얘기도 등기부등본과 다른 서류들에 대한 것이었다.

"지금 선순위 임차보증금 확인서 말씀하시는 거죠? 순번이랑 다른 전세 임차인 이름 적혀 있는 종이."

301호 언니가 물었다.

"네, 그거요."

루바토빌은 다세대주택이 아니라 다가구주택이다, 다세대주택은 세대마다 주인이 다르지만 다가구주택은 그렇지 않다, 다세대주택은 구분등기가 가능하지만 다가구주택은 그럴 수 없다, 그래서 선순위 임차보증금 확인서라는 걸 만든다······. 전세 계약을 하기 전에 인터넷으로 공부한 내용이었다. 희정이 부동산중개업소에서 받은 서류에 따르면 루바토빌의 전세 입주자는 희정을 포함해 두 가구뿐이었고, 그중에서는 희정이 앞 순번이었다. 다른 입주자들은 월세로 들어와 있다고 했다.

실제로는 그 순간 301호에 모인 루바토빌 거주자 여덟 명이 모두 전세 입주자였다. 모두 전세 대출을 받아 보증금을 마련했다. 월세를 들려다가 부동산중개업소에서 전세 대출을 권유받고 마음을 바꾼 사람도 두 사람이었다. 여덟 명이 똑같이 자신들이 임차인 중에서는 제일 앞 순번으로 되어 있는 선순위 임차보증금 확인서를 갖고 있었다. 다들 다른 입주자들은 월세로 들어와 있는 줄 알았다고 했다. 다가구주택은 등기부등본을 떼어도 그 집에 전세로 들어온 사람이 몇 명인지, 각각 전세 보증금으로 얼마를 냈는지는 알 수 없다. 그래서 선순위 임차보증금 확인서를 뗀다.

301호에 모인 루바토빌 거주자 여덟 명이 이용한 부동산중개업소는 세 곳이었다. 루바토빌 301호의 러그 위, 테이블 위, 봉제 인형과 사진 액자 들 옆에 놓인 선순위 임차보증금 확인서 일곱 장은 모두 가짜 서류였다.

부동산중개업소 세 곳이 어떻게 다 가짜 서류를 발급해준 걸까.

그 가짜 서류의 형태가 어떻게 다 같을 수 있을까.

그런 사실을 모른 채 301호 커플은 자신들의 계약 만료 시기가 두 달 앞으로 다가오자 부동산중개업소에 문자메시지를 보냈다. 1년 10개월 동안 잘 지냈다고, 이제 다른 곳으로 이사 갈 거라고. 부동산중개업소에서는 답이 없었고 301호 형부(이제 형부라고 부르자)와 언니가 각각 문자메시지와 카톡을 보냈다. 여전히 답이 없었고 두 사람은 슬슬 걱정이 되기 시작했다.

'전세 계약 기간 끝나가는데 부동산에서 전화를 안 받아요, 어떻게 하죠'라고 직장인들이 많이 있는 인터넷 커뮤니티에 글을 올렸더니 대번에 전세사기 아니냐는 댓글이 달렸다. 그렇게 전세사기에 대해 알게 되고, 대전 전세사기 피해자 오픈채팅방에도 들어가게 됐다. 대부분 다가구주택에서, 2030 세대와 신혼부부를 상대로 한 사건들이라고 했다. 대부분 선순위 임차보증금 액수를 임차인에게 허위 고지하는 수법이었다.

희정은 덜덜 떨리는 손으로 자신이 계약서를 쓴 골드문부동산의 젊은 사장에게 스피커폰 모드로 전화를 걸었다. 부동산중개업소 사장이 전화를 받자 다른 입주자들과 약속한 대사를 읊었다. 오픈채팅방에서 보았는데, 대전에서 전세사기가 크게 벌어지고 있고, 그 사기범이 루바토빌 건물주랑 이름이 같다, 혹시 어떻게 된 영문인지 아느냐.

"처음 듣는 얘긴데요. 그 사장님이 루바토빌 외에도 이 일대 건물 여러 채 소유하신 분이에요. 전세사기 같은 거 저지를 이유가 없는 분이세요. 동명이인이겠죠."

"처음 듣긴 뭘 처음 들어, 개새끼야. 203호한테 조금 전에 들었잖아."

느닷없이 301호 형부가 끼어들었다. 골드문부동산 사장은 "헤헤" 하고 웃더니 전화를 끊었다.

"잘했어. 얘도 이제 잠적하겠네."

301호 언니가 힐난했다. 301호 형부는 자기 휴대폰을 꺼내 골드문부동산 사장 앞으로 전화를 걸었다. 전화기가 꺼져 있다는 메시지가 흘러나왔다. 301호 형부가 음성 메시지를 남겼다.

"너 찾아가서 내가 죽인다. 너희 가족도 다 죽이고 너도 죽인다. 농담 같지? 잘 숨어 있어라. 너희들 한패라는 거 다 알아."

나중에 301호 형부는 물론 그게 농담이었다고 설명했다. 영화 「테이큰」에서 리엄 니슨의 대사를 흉내 낸 것이었다고.

"나는 농담을 했지만 내가 진담을 한 건지 농담을 한 건지 그놈은 모를 거 아냐. 그러면 잘 때 잠자리가 조금 뒤숭숭하겠지. 그 정도 노리고 한 거야. 그것도 못 해?"

301호 형부는 그렇게 말했다.

301호 언니는 형부의 폭력성이 그때 드러난 거라고 주장했다.

"그 사람, 스트레스를 받으면 말이나 행동이 거칠어져. 그런 걸 옆에서 보고 있으면 사람이 위축되잖아. 특히 여자들은. 그걸 알면서도 그래. 벽을 주먹으로 치기도 하고. 그게 괜찮아?"

2

'본인은 상기 주택(상가)의 임대인(또는 임대차계약 체결을 중개한 공인중개업자)으로 위 확인 내용이 사실과 동일함을 확인하며, 허위 확인으로 손해가 발생하거나 비용이 증가할 경우에는 일체의 책임을 이의 없이 부담하겠습니다.'

선순위 임차보증금 확인서에는 그런 문장이 있었다. 계약을 할 때는 뭔가를 보장해줄 것 같은 문구였지만 그 '본인'에 해당하는 사람들이 사라져버리자 아무 소용도 없었다.

그들은 어디로 도망쳤을까? 중국? 필리핀?

경찰에서는 처음에는 사건 접수조차 제대로 해주지 않으려 했다. 아직 실제로 피해가 발생하지 않았다며. '허위 확인으로 손해가 발생하거나 비용이 증가'하지 않았다며. 그게 법이라고 했다. 대전 전세사기 피해자 오픈채팅방에서도 그 논리를 옹호한 사람이 있었다. 아직 피해가 발생하지 않았으니 우리는 피해자가 아니고, 그러면 오픈채팅방 이름부터 잘못된 것 아닌가 하고 희정은 생각했다. 우리야말로 '피해 호소인'이구나, 하고.

대전 전세사기 피해자들은 직접 조사를 벌였다. 발품을 팔고 각자 가진 정보를 조합하고 인터넷으로 검색한 내용을 덧붙이는 정도였지만, 그래도 수백 명(그렇다, 이제 피해자가 수백 명이었다)이 오픈채팅방을 중심으로 그런 작업을 벌이니 효과가 있었다. 그들은 대전시장 인스타그램에 몰려가 피해자들과의 면담에 응해달라고 요구하기도 했다.

루바토빌 건물주는 이일용이라는 이름이었고, 희정은 자신이 죽을 때까지 그 이름을 잊지 못할 거라고 생각했다. 골드문부동산에서 들은 대로 이일용은 대전지역에 빌라를 여러 채 보유하고 있었다. 골드문부동산에서 들은 설명 중 맞는 말은 그뿐이었다. '골드문부동산중개업소'라는 간판조차 가짜였다. 그곳은 부동산중개업소가 아니었다. 벽에 걸려 있던 공인중개사 자격증은 경기도 광명시에서 일하는 공인중개사의 것이었다. 골드문부동산을 비롯해 이일용이 이용한 대전

부동산중개업소들에 걸린 공인중개사 자격증이 모두 그랬다.

희정과 301호 형부, 그리고 대전 전세사기 피해자 오픈채팅방의 몇 사람이 함께 그 공인중개사를 찾아갔다. 광명시의 공인중개사는 유약한 인상의 50대 남성이었다. 그는 파랗게 질린 얼굴로 "이게 어찌 된 일이지, 글쎄, 난 영문을 모르겠네"라는 말만 한 시간 넘게 반복했다. 그러나 눈이 떨렸고, 갑자기 사무실에 들이닥친 청년들에게 썩 나가지 않으면 경찰을 부르겠다는 말도 하지 못했다.

301호 형부를 비롯한 남자들은 "그러면 당신도 명의가 도용된 거니 피해자 아니냐, 같이 경찰서에 신고하러 가자, 아니면 당신한테 손해배상 청구한다"하고 공인중개사를 윽박질렀다. 한참을 버티던 공인중개사는 결국 자신이 한 달에 50만 원을 받고 명의를 빌려줬다고 털어놓았다. 희정과 301호 형부, 다른 전세사기 피해자들이 광명시의 부동산중개업소를 나갈 때 공인중개사는 사정이 어려웠다며 무릎을 꿇고 빌었다. 어쨌거나 얼마 뒤 전세사기 피해자들은 광명시의 공인중개사를 공인중개사법 위반 혐의로 고발했다. 몇몇 피해자들은 공인중개사협회에도 민사소송을 제기할 거라고 했다.

"사람이 무릎 꿇는 모습은 처음 봤어요. 직접 본 건 처음이에요."

대전으로 돌아오는 차에서 희정이 말했다. 운전대를 잡고 있던 301호 형부는 그게 신경 쓰이냐고 물었고 희정은 그렇다고 대답했다. "난 내 돈 돌려받을 수 있으면 무릎은 백 번이라도 꿇을 수 있을 것 같은데." 301호 형부가 말했고 희정은 공감했다.

이일용에 대해서는 여전히 아무것도 알 수 없었다. 이일용은 중국이나 필리핀으로 도주한 게 아니라 어쩌면 이미 살해당한 것 아닐까? 오픈채팅방 가입자 수가 1천 명이 넘어서고, 이일용에게 당한 사람만 수백 명이 넘는 것으로 드러났을 때, 누군가 그런 의심을 올렸다. 그들이 겪고 있는 전세사기는 한국에서 수십 년 동안 발생했던 전세사기와는 차원이 달랐다. 사기꾼 한두 명이 집 한두 채로 벌일 수 있는 범죄가 아니었다.

누군가가 사악하고 치밀한 설계를 했다. 집값이 계속 급등하고 있고, 빌라 가격은 아파트 가격보다 시세를 알기 어려움을, 청년들이 전세 대출로 수억 원을 쉽게 마련할 수 있음을, 다가구주택은 등기부등본만으로는 다른 임차인 현황을 알 수 없음을, 그렇게 청년들에게서 받은 보증금에 제2금융권 대출을 더해 다른 건물을 또 짓고, 이 과정을 반복할 수 있음을 간파한 누군가.

'빌라왕' '건축왕'이라는 신조어는 아직 나오지 않았지만 기업형 범죄 조직이 배후에 있음은 짐작할 수 있었다. 처음부터 사기를 칠 목적으로 신축 빌라를 수십 수백 채 지은 일당의 우두머리가, 과연 그 건물들의 등기부등본에 자기 이름을 올렸을까? 이일용은 그런 범죄 조직이 명의를 이용한 바지 사장이었던 건 아닐까? 이일용의 몸뚱이는 지금쯤 바닷속이나 산기슭 아래에 있는 건 아닐까?

반년 뒤에, 전국에서 전세사기 사건 신고가 수천 건이 넘어서고 곳곳에서 자살하는 피해자가 생기고 나서, 대검찰청은 전국 검찰청에 '계획적이고 적극적인 전세사기'는 구속 수사를 원칙으로 하라고 지시했다. 피해가 발생했느냐가 중요한 게 아니라 사전 설계가 되었는지가 중요하다고 했다. 그사이에 법이 바뀌지는 않았다. 그 기사 링크를 오픈채팅방에 올린 사람은 '저번에 경찰의 법리에 일리가 있다던 분은 뭐 하세요' 하고 가시 돋친 한 줄을 덧붙였다.

어쨌거나 기사에 따르면 검경 수사권 조정 때문에 검찰은 규모가 5억 원 이상인 사기 사건만 직접 수사를 개시할 수 있다고 했다. 그래서 대검찰청의 지시에도 불구하고 전세사기 사건의 대부분은 여전히 경찰이 수사할 거라고 했다. 전세사기 대책이라고 언론에 나오는 기사는 대개 내용이 그런 식이었다. 헤드라인만 보면 대단한 해결책이 나온 것처럼 들렸지만 세부 사항을 뜯어보면 도움이 되는 내용이 거의 없었다.

'우리 사건들 다 합치면 5억 원 훨씬 넘는 거 아니에요? 그러면 검찰이 수사할 수도 있는 거 아니에요?'

희정이 물었을 때 제대로 답하는 사람은 없었다. 법은 불친절했으며, 그들 편이 아닌 듯했다. 법은 일관성도 없는 듯했다. 대전 전세사기 피해자들은 아직 몰랐지만 법을 새로 만드는 방법도 있었다. 실제로 그들은 얼마 뒤에 전세사기피해지원 특별법을 만들어달라고 요구하게 된다. 그들 중 몇몇은 그 법이 만들어지는 것을 살아서 보지 못한다.

직접 변호사 사무실을 찾아가서 상담을 받은 피해자도 있었고, 지인 중에 변호사가 있는 사람이 면담을 하고 들은 내용을 오픈채팅방에 올리기도 했다. 변호사 상담을 받은 사람은 상담료가 30분에 5만 원이었다고 했다. 게다가 나이 지긋한 변호사가 "아직 젊으신데 너무 손실에 연연하지 마라, 충분히 다시 시작할 수 있는 나이다"라고 말하더라며 분통을 터뜨렸다. 희정도 이후로 수없이 듣게 될 말이었다. 특히 그녀가 대전전세사기피해대책위원회 활동을 하면서 TV에 몇 번 얼굴이 나온 뒤로는 더욱. 서울에서 열리는 기자회견이나 거리 행진, 서명운동 때문에 연차를 낼 때마다 회사 사람들이 그런 말들을 건넸다.

아직 젊잖아.

액땜한 셈 쳐.

비싼 수업료 냈다고 생각해.

살다 보면 1, 2억 원은 아무것도 아니더라.

하지만 희정과 다른 루바토빌 입주자들은 자신들의 피해를 액땜한 셈 칠 수 없었다. 국어사전에 '액'은 '모질고 사나운 운수'이고, '액땜'은 '앞으로 닥쳐올 액을 다른 가벼운 곤란으로 미리 겪음으로써 무사히 넘김'이라고 나온다. 희정과 다른 루바토빌 입주자들은 앞으로 각각 1억 원이 넘는 전세 대출을 갚아야 했다. 그들에게 닥쳐올 액은 넘겨지지 않았다.

희정이 비싼 수업료를 내고 뭔가를 배웠다면 '은행

은 절대 손해 보지 않는다'는 사실이었다. 전세 대출을 받을 때 은행이 요구한 서류가 얼마나 많았던가? 은행도 등기부등본을 받아가지 않았던가? 은행 역시 그 집이 깡통 전세임을 모르고 돈을 빌려줬던 것 아닌가. 은행 역시 속았지만 은행의 손실액은 단 한 푼도 없다. 대출자가 일해서 전액을 갚을 거니까. 애초에 그러려고 대출자의 재직증명서를 요구했던 것이다.

1, 2억 원은 아무것도 아니라고? 은행은 아니라는데? 꼭 갚아야 한다는데?

몇백만 원을 수임료로 제시하며 사건을 맡겠다는 변호사도 있었고, 의뢰인에게 실익이 없어 보인다는 변호사도 있었다. 범죄 조직 일당이 어디 있는지, 누군지도 모르니 민사소송을 걸어봐야 전세 보증금을 돌려받을 길이 없을 거라고 했다. 설사 나중에 그들을 잡더라도 이미 돈은 빼돌린 상태일 거라고 했다. 민변을 찾아갔다는 한 피해자는 "이건 이런 식으로는 답이 없을 거 같다, 차라리 공론화를 해서 정부 지원을 받는 게 나을 거 같다"는 말을 들었다고 했다.

폭우나 폭설로 큰 피해가 발생하면 특별재난구역을 선포하고 피해자를 지원하지 않던가? 대구 지하철 참사나 태안 기름 유출 사고처럼 천재지변이 아니라 범죄나 산업재해로 발생한 피해에 대해서도 특별재난구역을 선포하지 않았던가?

전국에서 수천 건 넘게 갑자기 대규모 전세사기 사건들이 터져 나온 것은 주택금융 시스템의 실패 때문 아닌가? 공인중개사 관리가 부실하고 등기 제도에 사각지대가 있었다는 데 대해서는 정부가 책임을 져야 하지 않나?

사인 간 계약이라 정부가 나설 수 없다면 은행이나 대기업이 흔들릴 때 구제금융을 지원하는 이유는 뭔가? 은행에 돈을 맡기는 것도 고객이 사기업과 사적으로 맺는 계약 아닌가? 직원이 기업과 맺은 고용계약도, 협력 업체가 원청 업체와 맺은 납품 계약도 모두 사적인 계약 아닌가.

루바토빌 입주자들에게는 전세사기가 사회적 재난이라고 알려야 할 시급한 이유가 한 가지 더 있었다. 루바토빌이 경매에 넘어갔기 때문이다. 비슷하게 경매에 넘어간 다른 건물의 전세사기 피해자들과 함께 루바토빌 입주자들은 난생처음으로 기자회견을 열었다. 그들은 대전지방법원에서 '피해자 내쫓는 경매, 일단 멈춰주세요'라는 문구가 적힌 현수막을 들고 섰다.

그즈음부터 엉성하게 대책위가 만들어졌고, 희정이

그 대책위에서 활동하게 되었다. 현수막 만들어야 하는데 포토샵 작업해주실 분 있나요, 그런 식으로 피해자 오픈채팅방에서 사람을 구했다. 희정이 처음 자원했던 업무는 기자회견 현장에 몇 시간 일찍 도착해 유인물에 스테이플러를 찍는 일이었다. 그 뒤로도 실내에서 기자회견을 하면 테이블과 의자를 설치한다든가 인쇄소에서 전단지를 받아 온다든가 하는 일들을 나서서 했다. 희정에게는 결정을 내려야 할 일을 막판까지 미루는 안 좋은 버릇이 있었지만, 어떤 프로젝트에 일단 참여하기로 하면 네 일 내 일 따지지 않고 적극적으로 헌신하는 좋은 태도도 있었다. 정부출연연구소의 사무직 직원이라 정시에 출퇴근하고 연차를 쓰는 것도 비교적 자유로운 편이었다.

대전 전세사기 피해자 오픈채팅방도 가입자가 너무 많아져 운영이 비효율적이었다. 몇 번이나 답변이 나온 질문을 되풀이해 묻는 사람이 많았고, 새로 가입한 피해자들이 자기 울분을 길게 터뜨리는 일도 잦았다. 각 건물별로 단체채팅방을 만들고, 건물 대표들이 참여하는 단체채팅방을 따로 만들기로 했다. 자연스럽게 희정이 루바토빌 대표 겸 대전전세사기피해대책위원회 부위원장이 되었다. 시위 한번 나가본 적 없는 자신의 이름 뒤에 그런 직함이 붙는다는 게 신기하고 얼떨떨했다. 다른 건물 대표이자 부위원장들의 이름이 뭔지도 모르면서 활동했다. 연락처를 '루바토빌 대표' '안단테빌 대표'라는 식으로 저장했기 때문이었다.

루바토빌 단톡방에서 희정은 엘리베이터를 다시 운영할 것인지, 건물 차원에서 초고속 인터넷 서비스를 다시 받을 것인지를 투표에 부쳤다. 이일용이 잠적하면서 관리비가 밀려 엘리베이터 운영이 중단되었고, 초고속 인터넷도 끊겼다. 그나마 전기와 수도, 가스 요금은 각 가구가 자기 이름으로 내고 있었던 터라 다른 피해자들의 건물보다는 형편이 나았다. 루바토빌 입주자들은 엘리베이터는 다시 운영하지 않기로, 인터넷 서비스도 각자 알아서 해결하기로 뜻을 모았다.

루바토빌 입구에도 현수막을 걸었다.

'이곳은 사회적 재난 현장입니다. 건물이 매각되면 저희는 거리로 쫓겨납니다. 집을 보러 오신 분들께 호소합니다. 경매에 참여하시면 전세사기의 공범이 됩니다.'

어떤 다가구주택 건물은 '다 부수고 나간다, 집마다 공사비 1억 원 이상!'이라는 문구를 적은 현수막을 걸었다.

피해자들이 활동을 벌이고 죽는 사람이 나오자 정부가 대책을 내놨다. 기사 제목만 보면 특단의 대책인 것 같지만 정작 루바토빌 입주자들은 혜택을 본 게 없었다. 정부가 제공한다는 긴급 거처를 얻으려면 주택도시보증공사에서 피해사실확인서를 먼저 발급받아야 했다. 그런데 건물이 경매에 넘어간 것만으로는 그 서류를 받을 수 없고 매각 기일이 잡혀야 한다고 했다. 그들은 여전히 공공기관으로부터 피해 사실을 확인받을 수 없는 피해 호소인일 뿐이었다. 정부에서는 전세 사기 피해자들은 전세 대출 만기를 연장해주겠다고 했지만 막상 은행에서는 집주인과 연락이 돼야 한다고 했다. 건물주가 잠적한 상태라고 아무리 하소연하고 울부짖어도 은행 직원은 "전세 대출은 연장할 때 집주인과 직접 계약 사항을 확인하는 게 원칙이라서요"라는 말만 되풀이했다. 특단의 대책이라는 것들이 다 그런 식이었다.

추석에 식사 자리에서 고모가 "등기부등본은 확인하지 않았던 거냐"고 물었을 때 희정은 들고 있던 숟가락을 벽으로 세게 집어 던졌다. 자리를 박차고 집을 나서는 희정을 아버지와 어머니가 똥 씹은 얼굴로 바라보았다.

사기를 당한 것이 자기 탓이라고 생각한 적은 한 번도 없었다. 하지만 얼마 뒤 국회 앞에서 열린 전세사기 희생자 추모 집회에서 '당신 잘못이 아니에요'라는 손 팻말 문구를 보고 희정은 그만 울음을 터뜨리고 말았다. 목숨을 끊은 희생자를 향한 문구였지만 자신을 향한 말처럼 들렸다. 남이 그 말을 해주는 걸 듣고 싶었던 것 같았다.

301호 형부는 루바토빌 현수막에 적어도 '퇴거 절대 불가' 같은 문구는 넣었어야 했다고 주장했다.

대전전세사기피해대책위원회 행사가 있을 때 301호 형부는 꽤 적극적으로 일을 돕는 편이었다.

희정과 301호 형부는 가끔 아침에 조깅을 같이 했다.

301호 형부는 301호 언니가 아침에 같이 햇빛을 보고 운동을 하자는 자기 권유를 무시하고 신경정신과 약에 의존해 불만이라고 했다. 같이 있으면 자신까지 마음이 가라앉는다고. 301호 언니가 소개해준 정신건강의학과 의원에 희정도 다니고 있음을 301호 형부는 몰랐다.

대전전세사기피해대책위원회가 주최한 일일 주점

정산이 투명하지 않아 싸움이 일었다. 계좌를 관리했던 부위원장이 단체채팅방을 나가고 연락을 끊었다.

전세사기 피해자들은 남을 잘 믿지 못했다.

301호 언니는 301호 형부가 암호화폐에 손을 댔다며 전세사기 손실을 코인으로 만회하겠다니 미친 거 아니냐고 희정에게 말했다.

301호 언니는 희정에게 자기 남편과 사귀느냐고 물었다. 아직 혼인신고를 안 했다며, 자기는 신경 쓰지 말라고 했다.

3

아주 나중에, 301호 형부는 자신은 전세사기 때문에 자살하는 사람 심정이 이해가 된다고 말했다. 그 이야기를 할 때 그는 이미 루바토빌 301호에 살고 있지도 않았고, 301호 언니와도 헤어진 상태였다. 그러니 그는 이제 '301호 형부'가 아니었다.

하지만 호칭 따위가 무슨 상관이람. 그들은 피해자가 아닐 때부터 피해자였지 않은가. 대전전세사기피해대책위원회 부위원장이라는 명칭은 발음하기 어렵고 실체에 비해 쓸데없이 엄숙해서 웃기지 않은가. 전세사기피해자 지원 및 주거안정에 관한 특별법이라는 법 이름만큼이나 좆같이 길지 않은가. 루바토빌의 '루바토'는 이탈리아어로 '도둑맞은'이라는 뜻이라고 하는데, 어이없지 않은가. 이일용이라는 이름은 혹시 '2일만 쓸 용도'라는 뜻 아니었을까. 어쨌거나 피해자들은 이일용이라는 이름만 알지 그런 이름을 가진 사람의 얼굴을 누구도 본 적도 없다.

희정은 그런 문제를 오래 생각하는 자신을 발견할 때마다 비명을 지르고 싶어졌다.

전세사기 때문에 자살하는 사람 심정이 이해가 돼, 난. 301호 형부가 말했다. 내가 이해 못 하는 건 전세사기 때문에 자살하는 사람더러 나약하다고 하는 사람이야. 나약해서 죽는 게 아냐, 내가 보기엔.

흥. 그러면 왜 죽는 거야. 착해서? 희정이 퉁명스럽게 물었다.

301호 형부는 주머니에서 휴대폰을 꺼내더니 무언가를 검색했다.

위키 문서에 내 기억을 좀 보태서 얘기하는 거니까 내용이 틀릴 수 있어. 한번 들어봐.

미국에 마빈 히메이어라는 자동차 수리공이 살았거든. 이 사람이 자동차 수리점을 지으려고 땅을 샀어.

그런데 그 땅을 시멘트 회사도 공장 부지로 노리고 있었어. 시멘트 회사가 땅을 팔라고 했는데 꼴통인 마빈 히메이어는 아무리 비싼 값을 불러도 거래에 응하지 않았지. 그러자 시멘트 회사는 마빈 히메이어의 자동차 수리점 부지 주변 땅을 다 사들였어. 마빈 히메이어의 땅이 공장 예정지 한가운데 있는 섬처럼 되어버린 거야.

마빈 히메이어는 이건 부당하다며 시장을 찾아가고 시의회에도 민원을 제기해. 시멘트 회사 본사 앞에서 시위도 벌이고 시청 앞에서도 벌이지. 그런데 누구도 그의 말을 들어주지 않고 아무것도 통하지 않아. 마빈 히메이어는 건축 허가를 막아달라고 법원에 소송도 내는데 거기서 져서 막대한 소송비를 떠안아. 지역 언론에는 이기주의자라며 마빈 히메이어를 비난하는 기사가 실려. 그 바람에 주변 사람들의 원성을 사고 결혼을 앞두고 있었던 여자친구하고도 헤어지게 돼. 결국 시멘트 공장이 지어지고, 마빈 히메이어는 자기가 직접 길을 내겠다며 불도저를 구입하는데 시청에서 도로 건설 허가는 받지 못하고 오히려 정비소에서 나온 쓰레기를 사유지에 방치했다는 이유로 벌금을 받게 돼. 그걸 항의하다가 영업정지 처분을 받고. 이런 일들이 벌어지는 와중에 아버지도 죽어.

 절망한 마빈 히메이어는 그 뒤로 몰래 불도저를 개조하기 시작해. 두께가 30센티미터나 되는 강철판을 불도저에 붙이지. 강철판과 방탄 플라스틱으로 조종석을 완전히 감싸고 대신 비디오카메라와 모니터로 안에서 밖을 볼 수 있게 해. 소총도 여러 정 달아. 불도저가 무시무시한 사제 장갑차가 된 거지. 이 장갑차는 밖에서 안으로 들어갈 수 있는 문도 없었어. 이 꼴통 아저씨는 안으로 들어간 다음 크레인을 원격조종해서 이제는 불도저라고 부를 수도 없는 이 괴물 차에 장갑을 씌웠어. 그 안에서 죽을 생각을 했던 거지.

 마빈 히메이어는 사람들에게 대피하라고 먼저 연락을 한 다음 이 괴물 불도저를 몰고 복수를 시작해. 두 시간 7분에 걸쳐 시멘트 공장, 시청, 경찰서, 지역 언론사 건물, 판사의 집을 다 부쉈어. 경찰 특공대가 출동해서 총을 쐈지만 방탄 장갑 때문에 소용이 없었지. 주 방위군에서 공격 헬기와 대전차병까지 도입해야 하느냐 말아야 하느냐 논의하는 수준까지 갔나봐. 인터넷에는 마빈 히메이어가 건물을 열세 채나 파괴했다고 나오네. 그런데 인명 피해는 없었대. 마빈 히메이어도 사람을 죽일 의도는 없었고. 건물을 열세 채 부쉈는데 재산 피해액은 한국 돈으로 63억 원밖에 안 되네. 빌딩 한 채가 서울 강남 아파트 한 채 값도 안 됐나봐.

괴물 불도저는 어떤 건물을 부수다가 지하실에 한쪽 캐터필러가 빠져서 움직이지 못하게 돼. 마빈 히메이어가 불도저를 후진시키려 했는데 다른 중장비를 몰고 나온 시민이 뒤를 막았다네. 옴짝달싹 못 하게 된 마빈 히메이어는 자기가 만든 괴물 차 안에서 권총으로 머리를 쏴서 자살해. 나중에 토치로 차량 장갑을 뜯어내고 이 꼴통 아저씨 시신을 꺼내는 데 열두 시간이 걸렸대.

나는 한국에서 전세사기 피해자들이 자살을 하는 건, 건설 기계를 구해서 개조할 능력이나 기회가 없어서라고 생각해. 그래서 시청이랑 경찰서랑 금융기관이랑 법원 건물을 부수는 과정을 생략한 거지. 나약해서 죽는 게 아냐. 분통이 터지는데 분통을 터뜨릴 대상을 찾지 못해서 자기 영혼을 파괴하다가 죽는 거야.

하지만 루바토빌 203호 동생이 목숨을 끊었을 때 언론은 모두 "아버지의 사망보험금을 전세사기로 잃었다는 죄책감에 괴로워하다 극단적인 선택을 했다"고 기사를 썼다. 유서도 없었는데, 죽은 사람에게 이유를 물어본 것도 아니면서.

희정은 언론이 유서를 발견하지 못했다는 사실을 잘 알고 있었다. 하루 종일 기자들의 전화를 받은 게 그녀였으니까. 온종일 "혹시 유서는 없었느냐"는 질문에 "없었어요, 못 봤어요, 발견하게 되면 연락 드릴게요" 하고 대답한 게 그녀였으니까. 그녀는 때로 통화 중에 기자들에게 "혹시 다른 데서 유서를 찾으셨나요?" 하고 되묻기도 했고, 기자들의 대답은 매번 "아니요"였다. 그들은 오로지 203호 입주자가 몇 년 전 아버지의 사망보험금을 받았고, 그 돈 일부를 전세 보증금으로 썼다는 사실만을 알았다. 고인의 유일한 친척이라는 사촌 형이 나중에 병원 영안실로 찾아왔고, 그 역시 유언에 해당하는 메시지는 아무것도 받지 못했다고 했다.

루바토빌 입주자들이 겪은 죄책감에 대해서는 어느 언론도 쓰지 않았다.

루바토빌 입주자들은 203호 동생이 어쩌면 죽었는지도 모른다고 며칠간 생각했다. 단체채팅방에 누군가 '203호는 왜 요즘 아무 말도 없어요? 살아 있어요?' 하고 메시지를 썼는데 아무 대꾸가 없었다. 그런 채로 이틀이 흘렀다. 사흘째 되던 날 다른 누군가 '203호 밤에도 불을 안 켜는데 좀 이상하네요. 다른 데로 이사 갔나요?' 하고 올렸다. 다섯째 날 단체채팅방에 '이사를 갔더라도 카톡은 볼 수 있는 거 아닌가요? 많이 바쁘신가?' 하는 글이 올라왔다.

희정이 203호에 가서 확인해보기로 했다. 희정은 301호 형부에게 개인 카톡을 보냈다. 저녁에 203호 좀 같이 가줄 수 없겠냐고. 몇 시간 뒤에 301호 형부에게 답신이 왔다. 자신이 루바토빌에 살고 있지 않다고, 아내와 별거 중이라고, 미안하다고.

203호 대문의 도어록이 옆으로 스르륵 돌아갈 때, 문이 아무 저항 없이 열릴 때, 희정은 자신이 안에서 무엇을 보게 될지 직감했다. 그때 203호 안으로 들어가지 말고 바로 경찰에 전화를 걸었어야 했다고 희정은 여러 번 후회했다.

사망한 지 며칠은 지난 시신임이 분명했기에 희정은 119가 아니라 112에 전화를 걸었다. 경찰은 그래도 구급대원과 함께 왔다. 형사 두 사람이 나중에 건물 모든 층을 돌아다니며 "203호 청년이 죽음을 암시하는 말을 하거나 그런 낌새를 드러내지 않았느냐"고 물었다. 루바토빌 입주자들은 뭐라고 대답해야 할지 몰라 우물거렸다. 희정은 나중에 '지금 제 얼굴에서는 그런 낌새 안 보이세요?' 하고 되물을 걸 그랬다고 생각했다.

피해대책위원회 활동을 하면서 희정도 경찰 정보관을 한 사람 알게 됐다. 안색이 아주 안 좋고 눈이 팔자로 처진 50대 사내였다. 정보관은 가끔 희정에게 전화를 걸어 전세사기 피해자들은 어떻게 지내는지, 다음에는 어떤 집회를 할 건지 등을 묻곤 했다. 이번에는 희정이 전화를 걸어 203호 동생의 빈소가 어디에 차려졌느냐고 물었다. 정보관은 203호 청년이 유족을 아직 찾지 못해 무연고 시신으로 병원 영안실에 안치되어 있다고 알려주었다. 부검은 마쳤으며, 타살 흔적은 없다고도 했다.

대전 피해대책위는 자신들이 유족 역할을 맡아 203호 동생의 장례를 치러야 하는지를 논의했다. 203호 동생을 무연고자로 구청 직원 한두 명이 시신을 화장하고 집단 봉안하도록 놔둘 것인가. 아예 대전 피해대책위가 추모제를 지내고 전세사기 문제의 심각함을 알리는 계기로 활용할 것인가. 그런데 사람의 죽음을 그런 식으로 이용해도 되는 걸까. 그런 고민을 하는 사이 203호 동생의 사촌 형이 나타났다. 사촌 형은 장례식을 치르지 않겠다고 했다. 그는 지원금이나 위로금 같은 것은 주지 않느냐고 묻고, 대책위는 하는 일이 뭐냐고 언성을 높였다.

장례식도, 추모제도 치르지 않는 대신 루바토빌 입주자 몇 사람이 발인에 참여했다. 화장장에 기자들이 어마어마하게 와 있었다. 국토교통부 장관도 왔다. 희정은 자신과 통화하던 경찰 정보관이 언론과 국토교통부에 발인 날짜와 화장장 위치를 알린 게 아닐까 의심했다. 국토교통부 장관은 카메라 앞에서 피해자들에 대한 지원이 좀 더 촘촘해지도록 살피겠다, 먼저 실질적인 지원을 한 다음 정부가 절차를 밟는 방향을 검토하겠다고 말했다. 그는 그다음 달 국회에서 전세사기는 불행한 일이지만 사회적 재난은 아니며, 사인 간에 발생한 모든 사기 사건에 국가가 개입할 수는 없다고 말한다.

"가서 뭐라도 말해야 하는 거 아냐? 네가 우리 건물 대표잖아."

국토교통부 장관이 카메라 앞에서 말하는 사이 화장장에 함께 온 루바토빌 입주자들이 희정을 떠밀었다. 희정은 쭈뼛거리며 장관 쪽으로 가서 "저희는 고인과 같은 건물에 살았던 대전 지역 전세사기 피해자들입니다"라고 말했다. 카메라 플래시가 엄청나게 터졌다. 장관은 보좌진이나 경호원으로 보이는 건장한 남자에게 뒤로 물러나 있으라는 손짓을 하고는 희정에게 다가왔다.

"모든 부처가 다 참석하는 자리를 만들어주세요. 여러 기관에서 대책 마련한다면서 자꾸 부르시는데 저희 여기서 한 얘기 저기 가서 또 해야 하고 제대로 답변 듣는 건 없고 너무 힘들어요. 금융위 간담회에서 한참 이야기하고 나면 새마을금고는 금융위 소관이 아니라서 어쩔 수 없고 행…… 행안부에 가서 얘기해야 한다고 답변 주시는 식이에요."

건의 사항이 있으면 이야기하라는 장관의 말에 희정은 그렇게 말했다. 갑자기 설움이 북받쳐 '행안부'라는 단어를 제대로 발음하지 못했고 그러자 카메라 플래시가 다시 한번 엄청나게 터졌다. 장관은 최선을 다해서 해결하겠다고 말하고 떠났다. 그러자 그 자리에 있던 모든 언론사 기자들이 희정과 루바토빌 입주자들을 붙잡고 정부 지원의 어떤 점이 아쉬운지 멘트를 해달라고 했다. 루바토빌 입주자들이 화장장 입구에서 그렇게 인터뷰를 하는 사이 203호 동생의 사촌형은 먼저 건물로 들어가 수속을 밟고 시신을 화장로에 넣었다.

루바토빌 203호는 이후로 오랫동안 빈집으로 남았다. 고인의 사촌 형은 203호에 남은 물건을 가져가지 않았다. 엘리베이터가 운행하지 않는 루바토빌 입주자들은 계단을 오르내릴 때 2층에서 복도 쪽을 보지 않으려 애썼다.

　얼마 뒤 건물에서 바퀴벌레가 나오기 시작했다. 그러나 입주자들은 아무도 바퀴벌레 이야기를 하지 않았다. 그 벌레들이 어디서 나오는지를 말하고 싶지 않았으므로.

　희정이 203호를 찾아가기 꼭 일주일 전, 단체채팅방에 누군가 '203호는 왜 요즘 아무 말도 없어요?'라는 메시지를 올리기 이틀 전, 301호 형부와 언니가 크게 싸웠다. 무언가 부서지는 소리가 났고 "이 집 들어온 게 왜 내 잘못인데에에에!" 하고 언니가 비명을 지르는 소리가 들렸다.

　희정은 침대에 누워 자기 머리에서 '층간 소음……'이라는 말풍선이 둥실 떠올라 천천히 301호로 내려가는 상상을 했다. 할 수 있다면 '당신 탓이 아니에요'라는 말풍선도 같이 내려보내고 싶었다.

　한 시간쯤 뒤에 경찰차가 와서 루바토빌 앞에 섰다.

경찰차는 사이렌은 울리지 않았으나 경광등은 서 있는 내내 켜놓고 있었다.

4

"아니, 이걸 왜 막아요? 그냥 탄원서만 접수하고 간다니까요? 저희 어제도 보셨잖아요? 저기 도서관 가는 사람들이랑 저희가 뭐가 달라요?"

처음에는 정말 당황해서, 궁금해서 물었다.

"저희 스무 명도 안 되잖아요. 농성하고 그럴 거 아니라니까요. 평화롭게 들어갔다가 나올 거예요. 피해자의 목소리를 왜 막아요!"

늘 열려 있던 문이 눈앞에서 닫히는 걸 보고 그들은 경찰을 향한 말들, 설명하고 협상하는 말들을 두서없이 내뱉었다.

"사회적 재난이다, 국가가 구제하라! 졸속 합의안 결사 반대! 선구제 후회수!"

국회 안으로 들어갈 수 없다는 사실이 명확해지자 활동가들은 그곳이 바로 구호를 외쳐야 하는 현장임을 알아차렸다. 희정은 그런 본능적인 감각은 아직 몸에 익히지 못한 상태였다. 그녀는 그냥 경찰들을 피해 옆

차도로 뛰어 국회 안뜰로 들어가면 되는 것 아닌가 하고 생각했다. 그래서 전세사기 피해자 1834명의 서명을 담은 봉투를 들고 미식축구 선수처럼 잽싸게 몸을 날렸다.

전세사기 피해자가 3천 명이 넘는 것으로, 피해액도 3천억 원이 넘는 것으로 집계됐다. 피해자 수도, 피해 규모도 점점 증가하고 있었다. 어디까지 늘어날지는 아무도 몰랐다. 속도의 나라답게 여러 국회의원들이 갑자기 전세사기피해지원 특별법 법안을 쏟아냈다. 특별법안이 나왔다, 하고 환호하던 때부터 50번째 법안이 나오기까지 시간이 얼마 걸리지 않았다. 그런데 서로 베꼈는지 내용은 다 엇비슷했다. 그리고 국회 국토교통위원회의 법안심사소위원회에서 논의 과정을 거치며 피해자들이 원하던 사항들이 빠졌다. 나중에 남은 내용들은 정부에 건물 경매를 맡길 경우 수수료를 깎아주겠다거나, 무이자 대출을 최대 10년까지 해주겠다거나, 전세사기 피해자들이 건물을 사려고 할 때 우선권을 주겠다거나 하는 허섭스레기들이었다. 희정은 그 법안이 전세사기 피해자를 위해 만든 게 아니라, 신문 기사로 세상을 대충 파악하는 사람들을 향해 만들어진 것이라고 생각했다. '전세사기 문제가 심하다는데, 정부는 뭘 하고 있는 거야' 하고 투덜거리는, 희정의 고모 같은 사람들.

허섭스레기만 남은 여야 합의안이 국회 국토교통위원회를 통과하는 날 전국전세사기피해대책위원회가 국회 앞에서 규탄 기자회견을 열었다. 그들은 기자회견을 마친 뒤 국회 민원실에 전세사기 피해자 1834명의 서명을 전달할 예정이었다. 그런데 그들이 국회 문으로 들어가려는 걸 경찰이 막았다.

아마추어 미식축구 선수처럼 몸을 날린 희정을 여성 경찰 네 명이 프로 미식축구 선수처럼 붙잡았다. 희정이 미식축구 선수처럼 거세게 저항하며 틈을 뚫고 들어가려 하자, 여성 경찰들은 희정을 들어 올렸다. 네 사람이 각각 팔과 다리를 하나씩 잡고 올리자 희정의 몸은 말풍선처럼 가볍게 땅에서 떠올랐다. 희정은 경찰들이 가슴에 찬 무전기에서 나오는 기계음, 다른 전세사기 피해자들이 외치는 고함 사이로 자기 입에서 나오는 말을 들었다. 질문도 협상도 구호도 아닌 말, 짐승의 단말마 같은 것이었다.

"놔! 이거 놔! 사람 살려!"

세상에, '사람 살려'라니. 부끄러워서 죽을 것 같았다. 사지가 들려 동물처럼 끌려 나가는 것도 부끄러웠고, 의미도 수신인도 알 수 없는, 고작해야 그녀가 겁에 질렸음만 폭로할 뿐인 '사람 살려' 같은 말을 목이 찢어지게 외쳤다는 것도 부끄러웠다. 발버둥을 쳐도 소용없었다. 여성 경찰들은 그렇게 우악스럽지도 않았다. 이런 일을 여러 번 해본 솜씨였다. 내 몸뚱이는 참 가볍구나. 희정은 깨달았다. 국가는 참 단단하고 힘이 세구나. 그 사실도 함께 깨달았다.

그녀가 루바토빌 입구에 걸 현수막 내용을 그렇게 정했던 것은 품위를 지키고 싶은 마음에서였다. 고모와 부모님 앞에서 숟가락을 집어 던지고 자리를 박차고 나온 것은 자존심을 지키고 싶어서였다. 그런데 다리가 땅에서 들려 몸이 공중에 뜨는 순간 그 품위와 자존심은 말풍선보다 더 가볍게 날아가버렸다. 그 모습은 사진으로, 영상으로 영원히 박제되어 남을 것이다. 가벼운 몸뚱이들은 강하고 거대하고 단단한 존재의 허락 안에서만 품위와 자존심을 지킬 수 있었다. 그런 생각을 하는 동안에도 신발 한 짝이 벗겨질 것 같다는 걱정이 계속 들었고……. 희정은 신발을 잃고 한 발을 양말만 신은 채 걸어야 하면 더 부끄러워질 것이라는 생각에 발가락에 힘을 꽉 주었다. 얼굴 위로 햇빛이 쏟아지는 바람에 눈이 부셨다.

여성 경찰들이 희정의 몸을 들고 있었던 시간은 길지 않았다. 기껏해야 10여 걸음을 걷는 정도의 시간이었다. 여성 경찰들은 딱 그만큼을 걸어 희정의 몸을 국회 정문에서 조금 떨어진 아스팔트 바닥 위에 내려놓고 곧바로 다른 시위자들이 있는 곳으로 달려갔다. 희정은 그 짧은 시간 사이에 그만 넋이 나가 궁둥이를 바닥에 깔고 앉은 채 주저앉아 있었다. 사진기자들은 그녀의 몸이 땅으로 내려오는 순간 흥미를 잃었다. 시위자들은 여전히 국회 문 앞에서 경찰들과 실랑이를 벌이고 있었다.

다리가 후들거려 일어날 수가 없었다. 슬프지도 화가 나지도 않았다. 사람들은 이성과 감정이 서로 다른 정신 작용인 것처럼 말하지만, 이성이 멈추면 감정도 제대로 작동하지 않음을 희정은 깨달았다. 이성 없이도 발휘되는 감정은 슬픔이나 분노가 아니라 무력감이었다.

경제 방송에서 진행자와 부동산 전문가가 서울의 한 아파트 단지 재건축에 대해 떠들고 있었다. 재건축이 완료되면 한국에서 가장 큰 아파트 단지가 될 거라는 곳이었다. 단군 이래 최대 규모의 재건축이라고 했다. 그런데 재건축조합과 여러 건설사로 구성된 시공사업단 간의 마찰로 공사가 중단되어 수천억 원의 손해가 발생하는 중이었다. 한 달에 들어가는 관리비만 200억 원이라고 했다. 조합은 늘어난 공사비를 못 내겠다고 버티는 중이었고, 시공사는 타워크레인을 해체하겠다며 맞섰다.

부동산 전문가는 이런 강대강 대치가 왜 벌어졌는지, 서울시와 국토교통부가 양측 요구를 어떻게 조정할 건지 설명했다. 아마도 재건축조합에서 내부 분열이 생기면서 조합장이 바뀐 것이 문제의 시작인 듯했다. 재건축조합 집행부와 시공사업단의 갈등을 서울시와 강동구가 적극적으로 중재하는 중이라고 했다. 공사 기간이 길어질수록 조합원들의 피해도 커지므로, 서울주택도시개발공사가 사업을 대행하는 방안도 검토 중이라고 했다. 국토교통부가 분양가 상한제를 개편하겠다고 예고했는데, 이것도 사실상 이 재건축 사업을 살리기 위한 조치라고 했다. 건설사들의 숨통을 틔워주는 효과를 낼 거라고 했다.

희정은 모텔 방의 TV로 그 프로그램을 보고 있었다. 침대에 비스듬히 누워, 편의점에서 산 캔맥주를 마시며, 양이 얼마 되지 않는 육포를 천천히 입안에 넣고 사탕처럼 녹이며. 방송 내용이 잘 이해 가지 않았다. 재건축조합과 시공사업단 간의 계약은 사인 간 거래 아닌가? 거기에 왜 국가가 개입하는 거지? 서울 아파트를 한 채씩 가진 조합원들의 이익을 왜 서울시가 챙겨줘야 하는 거지? 하지만 함부로 항의하는 자는 몸뚱이가 땅에서 들어 올려질 수 있음을 그녀는 이제 알았다.

여의도에서 집회를 마치고 서대전역에 내려와서 집으로 가지 않고 역 근처 모텔에 들어갔다. 버스로 15분 정도만 더 가면 루바토빌이었지만, 그곳이 집처럼 느껴지지가 않았다. 사람이 죽고 신혼부부가 헤어진 건물이었다. 경매가 진행 중이었고, 희정을 비롯한 입주자들은 법적으로는 불법 점거자들이었다. 물리적으로는 달라진 게 없는데도 그 안에 있으면 건물이 그녀 몸의 생기를 빨아 간다는 느낌이 들었다. 전에는 젊은 층 취향을 고려해서 세심하게 잘 만들었다, 예쁜 건물이다, 하고 감탄했던 장소였는데, 이제는 젊은 층 취향을 고려해서 세심하게 설계한 마음을 떠올리면 소름이 끼쳤다. 그곳은 그녀의 집이 아니었고 그녀의 집이었던 적도 없었다.

그녀는 자신이 꿈을 꾸고 있음을 알았다.

여러 번 꾼 꿈이었기에, 남은 꿈속에서 무엇을 보게 될지도 알았다.

이 꿈을 앞으로도 수백 번, 어쩌면 수천 번 더 꾸게 될 거라고 꿈속에서 생각했다.

도어록 손잡이가 스르륵 옆으로 돌아간다.

문이 열리면서 그녀의 가슴이 철렁 내려앉는다. 꿈속인데도 그녀는 몸이 몇 미터 아래로 추락하는 듯한 기분을 맛본다.

현관에는 운동화, 샌들, 슬리퍼가 한 켤레씩 가지런히 놓여 있다. 신발들은 머리가 밖을 향했다. 벽에는 부착식 행어가 있고, 거기에 플라스틱 구둣주걱이 하나 걸려 있다. 이곳 집주인은 운동화 뒤축이 꺾이는 걸 싫어했다.

그녀는 두렵지만 실내로 들어선다. 공기는 눅진하고 먼지 냄새와 음식물 썩는 냄새가 희미하게 난다.

집은 조용하고 조명은 꺼져 있다. 지나치게 고요하다. 무언가 잘못되어 있다. 주인이 잠시 외출해도 집은 이렇게 조용할 수 없다. 이렇게 조용하면 안 된다. 모든 창문에 커튼이 드리워져 있다. 2층이라 애초에 들어오는 빛의 양도 많지 않았을 것이다.

무서워서 가슴이 터질 것 같다.

휴대폰과 노트북이 식탁 위에 있다. 둘 다 화면은 켜지지 않은 채다. 노트북 옆에 물이 반쯤 찬 머그잔이 하나 있다. 이 집에 살던 사람이 20대 남성인 걸 알려 주는 유일한 물건이 아마 저 노트북에 붙은 스티커들일 것이다. 미소녀 사격 게임 굿즈들이다.

거실은 심하게 어수선하지는 않지만 그렇다고 정돈된 느낌도 아니다. 비어 있으면서도 어지러운 분위기. 제대로 된 청소는 거의 하지 않았던 듯 머리카락과 체모가 바닥에 흩어져 있고 그녀가 발걸음을 옮길 때마다 작은 먼지 뭉치가 부드럽게 굴러다닌다. 부직포와 스테인리스스틸 봉으로 된 조립식 3단 수납장 아래서 작은 바퀴벌레 한 마리가 나와 냉장고 아래로 빠르게 기어간다. 3단 수납장에는 휴대폰 충전기, 무선 이어폰 케이스, 후드 티, '화내지 않는 연습'이라는 제목의 책, 그리고 친구들과 찍은 사진이 든 액자가 있다.

희정은 꿈속에서 3단 수납장 앞으로 가서 액자를 천천히 살피고 책을 집어 든다. 일본 승려가 쓴 책이다. 그녀는 이 꿈이 마치 타임캡슐과도 같다는 사실을 알고 있다. 203호에서 그녀가 본 모든 사물들은 그녀의 뇌에 동영상 파일처럼 저장되었고, 그녀는 완전기억능

력자처럼 꿈속에서 그 모든 물건들을 자세히 관찰할 수 있다. 그러면서 그녀는 그 집에 살았던 사람을 프로파일링한다. 어쩌면 그게 이 꿈의 목적인지도 모른다.

이제 첫 번째로 놀랄 차례다. 희정은 냉장고로 간다. 꿈속에서 몇십 번이나 그 문을 열고 안의 내용물을 보지만 매번 놀라 뒤로 물러나며 자빠질 뻔한다. 발로 차서 냉장고 문을 닫은 그녀는 이제 꿈속에서 두 번째로, 그리고 가장 크게 놀라기 위해 203호에 하나 있는 방으로 향한다. 방문은 불길하게 열려 있다.

구속복처럼 그녀를 어떤 시공간에 묶어놓은 꿈이지만, 몸부림을 치다 보면 구속복도 찢어지지 않을까. 그녀는 꿈속에서 이것이 꿈이라는 사실을 안다. 그래서 깨고 싶지 않다는 생각도 한다. 그녀가 집이 아니라 모텔에서 자고 있다는 사실도 안다. 그 탓에 아침 도심의 소음이 꿈속의 방에 섞여 들어오고 있다. 어디선가 공사를 하고 있다. 공사 기계 하나가 드르르르 하고 땅을 뚫고, 쿠드득쿠드득 하며 흙과 자갈을 밀어내고 있다. 그때마다 땅이, 모텔 건물이, 그녀가 누워 있는 침대가 흔들린다. 윙윙거리는 기계의 낮은 엔진 소음은 거대한 육식동물의 숨소리와 비슷하다. 이따금 그 기계는 쾅 소리를 내며 무언가를 부순다. 그럴 때 침대 프레임 전체가 미세하게 떨리고, 때로 모텔 유리창이 달그락거리며 진동한다. 꿈속에서와 달리 꿈 밖의 그녀를 둘러싼 공기는 떨리면서 흐른다. 푸슈슈슈 하는 소리와 함께 피스톤에서 압력이 빠지고 기계 접합부에서 끼익끼익 마찰음이 난다. 신호음은 삐 삐 삐, 경고음은 띠 띠 띠 하면서 그녀의 꿈속으로 들어온다.

불길하게 열려 있는 방문 앞에 서 있는 희정은 꿈속에서 그 소리를 듣고 그 진동을 느낀다. 그녀는 마빈 히메이어가 개조한 이상한 기계가 자신의 꿈속으로 들어오기를 소망한다. 괴물 불도저가 온 세상도 아니고 고작 그녀의 꿈 하나를 부숴주기를 바라고 있다.

작가 노트

전모를 알 수 없는 붕괴와 분노하지 않는 포도

1

'이런 시대에 문학을 왜 읽어야 하느냐' '문학의 힘이 뭐라고 생각하느냐' 같은 질문을 종종 받는다. 문학계에 한 발 걸친 사람이라면 요즘 다들 비슷한 질문을 받는다. 문학의 힘이 잘 보이지 않으니 나오는 질문이다. 돈의 힘이 뭔지 궁금해 하는 사람은 없다.

내 귀에는 궤변처럼 들리는 답이 있다. '문학의 힘은 무력함에서 나옵니다' '문학은 힘이 없기 때문에 힘이 있습니다' 같은 이야기. 공허한 말장난 같다. 나는 문학에 힘이 없는 게 아니라 힘 있는 문학이 줄어든 것 아닌가 의심한다.

'힘 있는 문학'이라는 말을 들으면 존 스타인벡의 『분노의 포도』가 떠오른다. 이 소설은 힘 있고 아름답다. 대공황을 이야기하지만 대공황만 이야기하지는 않는다. 대공황 시기 사람들의 고통을 이야기하고, 그럼으로써 시대를 초월한 무언가를 말한다.

우리 시대의 리얼리즘 소설을 쓰자고 뭉친 소설가들의 모임인 '월급사실주의' 동인이 첫 소설집을 낼 때 서문에 저렇게 적었다. 월급사실주의 동인이 두 번째, 세 번째 소설집을 낼 때도 서문 내용은 바꾸지 않았다. 내 생각도 그대로다.

저런 생각을 처음 했던 것은 2015년 즈음이다. 월급사실주의라는 단어도 머릿속에 있었다. 2016년 『채널예스』 인터뷰에서 '월급을 받아 생활했던 경험이 있고, 장편소설을 어려워하지 않고, 쓰는 글과 태도가 현실적인 3, 40대 작가군'에게 그 이름을 붙이면 어떻겠느냐고 말한다. 인터뷰 기사의 제목도 '장강명 "나는 월급사실주의 작가"'다.

이후 몇 년에 걸쳐 문학은 현실에 발을 붙일 때 힘을 얻는다고 믿게 되었고, 픽션이 현실에 발을 붙인다는 게 뭘까에 대해서도 고민했다. 동인을 만들어야겠다는 마음을 먹었을 때에는 제일 먼저 김의경 정진영 작가를 만났다. 김의경 정진영 작가는 월급을 받아 생활한 경험이 있고, 장편소설을 어려워하지 않고, 쓰는 글과 태도가 현실적인 40대 작가였는데, 그들을 만날 때는 월급사실주의의 내용물도 그게 전부는 아니었다. 그 얘기는 나중에 다른 지면에서 해보자. 여기서는 『분노의 포도』에 대해 먼저 떠들어본다.

2

스타인벡은 『뉴욕타임스』에서 일한 경험이 있는 저널리스트였으며, 『분노의 포도』 이전에 대공황기에 일자리를 찾아 떠도는 농민에 대한 르포를 썼다. 『샌프란시스코 뉴스』에 특집 기사로 먼저 연재되고 나중에 단행본으로 나온 논픽션 『추수하는 집시들』이다. 덕분에 『분노의 포도』는 당대에 직접 눈으로 보거나 당사자로부터 들어야 붙잡을 수 있는 생생한 묘사로 가득하다.

그럼에도 『분노의 포도』가 출간 직후에 받은 가장 큰 비판 내용은 '이런 일은 없고 다 스타인벡이 꾸며낸 얘기'라는 것이었다. 그것도 작품의 무대가 된 미국 오클라호마주와 캘리포니아주에서 그런 공격이 가장 거셨다. 오클라호마주 대부분의 도서관은 이 책을 금서로 지정했고, 지역 언론들은 비난을 퍼부었다.

캘리포니아주에서는 『기쁨의 포도』라는 조잡한 소설까지 나왔다. 『분노의 포도』 내용과 달리, 가난한 농민 일가가 캘리포니아에 왔더니 은행도 환영하고 농장주도 환영해서 땅을 받고 정착해서 잘 산다는 얘기다. 부동산개발업자로 정계에 진출하기도 했던 M. V. 하트란프트가 쓴 이 책 표지에는 "존 스타인벡의 『분노의 포도』에 대한 캘리포니아의 상쾌하고 고무적인 답변"이라는 문구가 적혀 있다.

냉전 시대에 자본주의의 실패를 인정하기 싫었던 게으르고 어리석은 우파가 불안감 때문에 스타인벡을 거짓말쟁이로 몰아세웠다고 해석하기야 쉽다(정작 『분노의 포도』는 소련에서도 금서였지만). 나는 보다 기묘한 가능성도 있지 않을까 생각한다. 대공황 속에 있었던 사람들 상당수는 자신들이 대공황을 겪고 있다는 사실을 몰랐던 것 아닐까?

『월스트리트저널』 기자 출신 경제 칼럼니스트인 모건 하우절은 그렇다고 한다. 대공황은 1929년에 시작됐다. 하지만 1930년에도, 1931년에도 미국경제연맹 회원들은 미국이 직면한 가장 중요한 문제가 뭐냐는 질문에 사법 정의 구현, 법 집행, 금주법 등을 1~3위로 답했다. 그 설문 결과에서 실업률은 1930년에는 18위였고, 1931년에도 고작 4위였다.

대공황 같은 사건은 너무 크고 복잡해서 그 안에 있는 사람은 누구도 전모를 한눈에 볼 수 없었다. 전에 비슷한 일이 일어난 적도 없었다. 하긴, 왕부터 사노비까지 한반도에서 구한말을 살았던 사람들 대부분도 자신들이 무슨 사건을 겪고 있는지 잘 몰랐을 것이다. 너무나 거대한, 전례 없는 붕괴가 그들을 덮쳤다. '대공황'이라는 단어도, '구한말'이라는 단어도 그 시기가 지난 뒤에 붙일 수 있는 이름이다. 당사자들은 제대로 된 이름이 없는 재난을 겪었다.

3

어쩌면 『분노의 포도』 자체가 바로 '당시 사람들은 대공황이 뭔지 몰랐다'는 주장의 증거이다. 『분노의 포도』 속 인물들은 도대체 무슨 일이 일어나고 있는 거냐고 서로에게 묻는다. "지금은 도통 무슨 일이 일어났는지 모르겠는걸." "대체 여기서 무슨 일이 일어났었나?" "우리더러 대체 어쩌라는 겁니까?" 이런 대사들이 계속해서 나온다.

정확한 답을 아는 사람은 아무도 없다. 땅이 황폐해져서 그렇다거나 은행이 탐욕스러워서 그렇다는 말을 할 뿐이다. 이 소설에서 가장 현명한 인물인 전도사 짐 케이시조차 이렇게 말하는 게 고작이다. "지금 여러 가지 일어나고 있고, 사람들도 저마다 무언가를 하려고 해. (……) 이 나라를 송두리째 뒤바꿀 무언가가 조만간 일어날 거라고." 무슨 일이 일어나는지 몰랐던 것은 스타인벡 역시 마찬가지였다.

혹시 2020년대를 사는 우리도 반세기쯤 뒤에는 선명하게 알게 될 엄청난 붕괴 속에 있는 것 아닐까? 몇 년 전부터 그런 생각을 한다. 코로나19 범유행 때 경제를 살리겠다고 각국 정부가 엄청나게 돈을 풀었더니 부동산 가격과 주가가 치솟았다. 금값도, 가상화폐 가격도 급등했다. 경제는 살아났나? 전문가들은 경제가 U자형으로 회복할 것이냐, L자를 그리며 장기 침체할 것이냐를 두고 설전을 벌였다. 막상 벌어진 현상은 K자형 분화였던 것 같다. 잘사는 사람은 더 잘살게 됐고, 못사는 사람은 더 못살게 됐다. 이제는 '경제가 좋다'는 말의 의미를 잘 모르겠다. 한국 수출은 연일 최대 실적 기록을 내고 코스피는 4000을 돌파했다. 지금 경제가 좋은 건가?

전에는 분명히 위험하지 않은 대신 수익성도 낮은 안전 자산과 수익률은 높지만 손실 가능성이 큰 위험 자산은 서로 반대로 움직인다고 배웠다. 그런데 요즘은 안전 자산인 금과 위험 자산인 주식, 가상 화폐가 모두 다 같이 오른다. 그냥 오르는 정도가 아니라 '역대 최대치'라는 말이 이곳저곳에서 하루가 멀다 하고 쏟아진다. '에브리싱 랠리'라고 하는 이 기현상을 분석하는 글들을 읽다 보면 글쓴이의 당혹감이 느껴진다. 『분노의 포도』 속 인물들이 하는 말과 다르지 않다. "지금은 도통 무슨 일이 일어났는지 모르겠는걸."

유일하게 가격이 오르지 않는 자원은 평범한 사람의 노동이다. 특출한 지적 능력이나 자본소득, 팬덤, 물려받은 자산이 없는 보통 사람은 아무리 부지런히 일해도 노동 소득만으로는 자기 집을 사거나 부자가 될 수 없는 세상이 왔다. 한국 부동산 시장이 유독 더 엉망진창으로 보이기는 하지만 세계적인 현상인 듯하다. 인공지능 기술은 이 흐름을 가속화한다. 미국의 경제평론가 앨리스 래스먼은 청년 세대는 더 이상 집과 가족, 편안한 은퇴 생활을 꿈꿀 수 없다며 '환멸의 경제학Disillusionomics'이라는 말을 만들었다.

4

 김의경 정진영 작가를 시작으로 월급사실주의 동인에 참여할 소설가들을 모으면서 절대로 하지 않을 일들을 다짐했다. 이런 것들이었다. 대표나 임원을 뽑지 않겠다. 회식이나 워크숍을 하지 않겠다. 성명을 내지 않겠다. 특정 정당의 외곽 세력이 되지 않겠다.
 월급사실주의 동인의 최우선 목표는 소설집을 내는 것이었고, 소설집 참여가 바로 동인 가입이었다. 다만 월급사실주의 동인 작가들이 충분히 모이면 그 작가들을 플랫폼 삼아 이런저런 프로젝트를 벌일 수도 있겠다고 생각했다. 논픽션 작가 스터즈 터클이 쓴 인터뷰집 『일』 같은 작업을 해보고 싶었는데 『한겨레신문』에서 기회를 얻었다. '일하는 사람의 초상'이라는 제목으로 월급사실주의 작가들이 매주 직업인 인터뷰를 연재 중이다.
 '먹고 사는 문제'와 관련 있는 특정 주제를 잡아 소설집도 내보고 싶었다. 이번에는 현대문학 출판사에서 기회를 얻었고, 소재는 전월세로 잡았다. 월급사실주의 동인인 김의경 정진영 최유안 작가, 그리고 나와 정진영 작가가 속한 친목 모임인 '한우 작가'의 정명섭

작가가 참여했다. 모두 전월세에 대해 할 말이 많다고 했다. 누군들 아니겠느냐마는.

나는 전세사기 피해자의 이야기를 썼다. 지난해 전세사기 피해자 다섯 명과 활동가 한 명을 인터뷰했고, 그들의 이야기를 단편소설로 만드는 작업을 하고 있다. 2022년 말부터 보도된 전국 곳곳의 대규모 전세사기, 이른바 '빌라왕 사태'에 대해서는 알면 알수록 이게 훨씬 더 깊은 곳에서 진행 중인 거대한 붕괴의 한 단면에 불과하다는 생각이 든다. 과연 이 사태를 전세사기라고 부르는 게 맞나 모르겠다. 집 한 채를 둘러싸고 벌어졌던 과거의 전세사기와는 완전히 다른 범죄이기 때문이다. 주택 가격이 급등해서 대규모 갭 투기가 가능해지고 특히 신축 주택과 빌라의 시세를 알기 어려워진 틈을 교활한 범죄 단체가 노렸다.

평범한 월급쟁이들의 자산 마련 수단으로 기능했던 전세가 끝나고 월세가 '뉴 노멀'이 되는 시기이다. 당대에 직접 눈으로 보거나 당사자로부터 들어야 붙잡을 수 있는 생생한 묘사가 있으리라 생각한다. 설령 지금 무슨 일이 일어나는지는 정확히 모른다 하더라도, 그리고 전월세라는 좁은 앵글이라더라도, 다섯 작가가 보여줄 수 있는 게 많다고 믿으며 앤솔러지를 기획했다. 스타인벡도 여러 분야의 대공황 피해자 중 이주 농민, 그것도 한 가족의 이야기를 주로 그렸다.

5

『분노의 포도』를 읽을 때마다 '분노'라는 단어가 제목에 들어간 소설에 깃든 연민을 발견하고 놀란다. 어떤 사악한 계층을 처단하면 문제가 해결될 거라는 보복심 같은 것은 이 소설에 없다. 지주 대리인이 은행을 괴물이라고 비난하고 소작인 대표가 총을 들고 싸우겠다며 말싸움을 벌이는 장면은 절박하면서도 서글프다. 난민 처지가 된 농민들의 궁상스러운 형편이 계속해서 묘사되지만 독자는 그들의 높은 자존심도 알아볼 수 있다.

『분노의 포도』의 초고에는 '레터스버그 사건'이라는 가제가 붙어 있었다. '레터스버그 사건'을 읽은 출판사에서는 좋다며 출간하자고 했지만 스타인벡은 거절한다. 사람들이 서로 이해하게 만드는 글을 쓰고 싶었는데, 막상 다 쓴 원고를 보니 이해가 아닌 증오를 불러일으키는 것 같다는 이유였다. 스타인벡은 1938년 여름과 가을 내내 원고를 뜯어고쳤다.

'레터스버그 사건'을 두고 스타인벡은 "정직하지 않기 때문에 좋은 작품이 아니다"라고 자평했다. 정직한 글에는 연민이 담기는 걸까? 그해 일기에 그는 이렇게 썼다. '모든 정직한 글에는 하나의 근본적인 주제가 담겨 있다. 인간을 이해하려고 노력하라. 서로를 이해하게 되면 서로에게 친절해진다. 누군가를 깊이 알게 되면 미워하게 되는 법은 없으며, 오히려 사랑하게 되는 것이 거의 필연이다.'

하지만 정직하게 쓴 소설은 읽는 사람을 불편하게도 만든다. 인간의 정신은 사실이 아니라 관념 속에 있기에, 사람들은 익숙한 관념을 벗어나는 이야기를 싫어한다. 예컨대 가해자가 가해자 같지 않고 피해자가 피해자답지 않으면 사람들은 외면하거나 짜증을 낸다. 때로는 이야기꾼을 공격한다. M. V. 하트란프트는 캘리포니아는 상쾌한 고장이라는 관념을 버릴 수 없었다.

소설가가 써낼 수 있는 건 정책 대안은 아니다. 시장 진단이나 분석조차 아니다. 전모를 보지 못하고 해답도 모르더라도, 정직하게 쓰는 수밖에 없는 것 같다. 편안한 관념 밖에서 살아 있는 인간과 실제로 일어나는 현상을 관찰하려고 노력해야 한다. 픽션이 현실에 발을 붙인다는 말을 나는 이렇게 이해하고 있다. 그 결과물을 캘리포니아 사람들이 불편해 하더라도 어쩔 수 없다. 많은 것이 무너지는 시대에 이런 믿음이라도 붙들고 싶다.

평수의 그림자

정명섭

작가 노트
평수는 왜 그림자를 보게 되었을까

1973년 서울 출생. 2006년 장편소설 『적패』로 작품 활동 시작. 장편소설 『적패』 『폐쇄구역 서울』 『달이 부서진 밤』 『살아서 가야 한다』 『추락』 『조선의 형사들』 『기억 서점』 『손탁빈관』 『시그니처』 『코드 블루』 『뱀파이어 셜록』 『헤드헌터』 『암행』 『76층 탐정』 등. 〈한국추리문학상〉 수상.

출근하던 김 대리는 문득 사람들의 그림자가 이상해졌다는 걸 깨달았다. 처음에는 안경에 뭐가 묻어 있는 줄 알고 걸음을 멈추고 안경을 들여다봤다. 그 바람에 그와 바짝 붙어서 걷던 중년의 남자와 부딪치고 말았다. 슬쩍 돌아본 김 대리가 미안하다고 했지만 남자는 나지막하게 투덜거리고는 자기 갈 길을 갔다. 그 이후에도 여전히 사람들의 그림자가 이상해 보여서 길가에 있는 올리브영 앞에 서서 지켜보기로 했다. 둥그스름한 어깨와 머리 모양이 아니라 각진 형태였고, 심지어 어떤 그림자는 주인보다 훨씬 더 커 보였다. 강아지 같은 동물이나 지나가는 차, 그리고 건물은 그림자가 정상이었다.

'대체 어떻게 된 거지?'

혼란스러워하던 김 대리는 문득 자신이 출근 중이라는 게 떠올랐다. 호기심은 잠시 접어두기로 한 김 대리는 보도블록을 지나가는 출근 대열에 합류했다. 하지만 지나쳐 가는 사람들의 그림자는 여전히 괴상하게 보였다. 점점 불안해진 그는 이제 막 오픈 준비를 하는 테이크아웃 카페 사장과 눈이 마주쳤다. 종종 커피를 사 마시는 곳이라 사장은 김 대리를 알아보고 알은척을 했다. 김 대리는 얼른 다가가서 물었다.

"저기 혹시, 그림자들이 어떻게 보여요?"
"네?"

김 대리는 다소 놀란 표정을 짓는 카페 사장에게 지나가는 사람들의 그림자를 손가락으로 가리키며 다시 물었다.

"사람들 그림자가 멀쩡해 보여요?"

눈을 동그랗게 뜬 카페 사장은 그렇다고 고개를 끄덕거리고는 얼른 안으로 들어갔다. 김 대리는 자신만 그림자가 이상하게 보이는 것 같다고 생각했다.

'왜 이런 일이 갑자기?'

얼마 전에 대출을 끼고 구매한 25평 아파트에 아내

와 함께 사는 그는 지극히 평범한 삶을 살아왔고, 앞으로도 그럴 것 같았다. 하지만 하루아침에 사람들의 그림자가 이상하게 보이는 것이다. 하늘을 날거나 손에서 거미줄이 날아간다면 그나마 쓸모라도 있겠지만 이건 쓸모도 없는 능력이었다. 김 대리는 잠시 투덜거리다가 다시 출근하는 발걸음에 집중했다.

셔터가 내려져 있는 순항은행 월령동 지점의 뒷문으로 들어간 김 대리는 서둘러 자기 자리에 앉았다. 은행은 문을 여는 시간보다 더 일찍 출근해서 많은 준비를 해야 했고, 문을 닫은 이후에도 할 일이 많았다. 원래 루틴대로라면 탕비실에 가서 믹스 커피 두 개를 타서 마셔야 했다. 하지만 아까 출근길에 봤던 이상한 그림자들이 머리에 아른거려서 자리에서 일어날 수 없었다. 잠깐의 의문은 은행 오픈 준비에 휩쓸리면서 연기처럼 사라졌다. 담보대출 업무를 맡은 김 대리는 은행 2층에 있었기 때문에 조금 늦게 고객들이 올라왔다. 계단을 올리는 발자국 소리에 자연스럽게 고개를 돌린 김 대리는 올라온 고객을 보고는 깜짝 놀라서 비명을 지를 뻔했다. 실내이지만 창구 맞은편의 창문들이 열려 있어서 거기서 흘러들어온 빛이 괴상한 그림자를 만들어낸 것이다. 김 대리가 놀라는 걸 본 옆자리의 임 주임이 슬쩍 물었다.

"왜 그래요?"

"아, 아무것도 아니야."

반사적으로 대답한 김 대리는 고객이 달고 온 그림자를 바라봤다. 고객이 임 주임의 창구에 앉았지만 그림자는 사라지지 않고 남아 있어서 자세히 관찰할 수 있었다.

'어디서 본 거 같은데?'

고객의 그림자는 길쭉한 사각형에 위아래로 구멍이 뚫려 있었다. 아까 길거리에서 본 이상한 그림자들 중의 일부와 아주 비슷했다. 김 대리는 창구 맞은편의 유리창으로 걸어갔다. 구석의 책상에 앉아 있던 청원경찰 박 주임이 엉거주춤 일어났다. 그냥 앉아 있으라고 손짓한 김 대리는 창문의 블라인드를 내리려고 했다. 빛이 들어오지 않게 해서 괴상한 그림자를 눈앞에서 안 보이게 하려는 것이었다. 그런데 블라인드를 내리던 김 대리의 눈에 도로 건너편 아파트가 보였다. 길쭉한 사각형에 베란다와 창문 들이 다닥다닥 붙어서 위아래로 쭉 이어져 있었다. 흠칫 놀란 김 대리는 고개를 돌려 임 주임의 맞은편에 앉은 고객의 그림자를 바라봤다.

"똑같네. 똑같이 생겼어."

아파트가 어떻게 사람의 그림자가 되었는지 궁금했지만 물어볼 수는 없어서 일단 잠자코 자리로 돌아와서 앉았다. 그리고 상담을 마친 고객이 아래층으로 내려가자마자 의자를 끌어서 임 주임 쪽으로 넘어갔다.

"저 고객 그림자 봤어?"

"그림자?"

"응, 이상해 보이지 않았어?"

임 주임은 고개를 저으며 대꾸했다.

"전혀. 왜 그래? 아침부터."

이것으로 사람들의 그림자를 이상하게 볼 수 있는 건 자신뿐이라고 판단한 김 대리는 대충 얼버무렸다.

"아, 아무것도 아니야. 그나저나 저 고객은 무슨 일로 온 거야?"

"왜 왔겠어? 집을 담보로 대출받으려고 상담 온 거지."

"집은 아파트?"

"33평짜리 금실아파트. 왜?"

"벼, 별거 아니야."

임 주임은 미심쩍은 눈으로 쳐다봤지만 마침 고객

들이 올라오면서 더 이상 묻지 않았다. 주택담보대출을 받으러 온 고객들도 모두 아파트 그림자를 가지고 있었다. 크기가 조금씩 다르다는 걸 통해서 김 대리는 그들이 살고 있는 아파트의 평수를 눈짐작으로 확인할 수 있었다. 그러다가 마지막에 혼자 올라와서 조용히 번호표를 뽑은 후 창가 쪽 소파에 앉은 고객에게서 의아함을 느꼈다.

'그림자가 다르네?'

다른 사람들은 아파트의 형태로 된 그림자를 가지고 있는 반면, 뾰족한 형태의 지붕 모양의 그림자가 보였다. 혹시나 하는 마음에 일부러 번호를 맞춰서 누른 다음에 상담을 하자 놀라운 사실을 알게 되었다. 거주하는 곳이 2층 양옥으로 뾰족한 지붕을 가지고 있었다. 그녀는 그 집을 담보로 대출을 받아서 아들의 사업 자금에 보태려고 했다. 하지만 재개발될 가능성이 별로 없고, 이미 대출을 많이 당긴 상태라 원하는 수준의 대출은 어렵다고 말하고는 돌려보냈다. 쓸쓸한 표정으로 일어나서 아래로 내려가는 그녀의 그림자는 여전히 각진 지붕이었다. 점심 무렵이 되자 부지점장과 함께 순항은행 월령동 지점의 VIP 박 회장이 올라왔다. 박 회장은 사채업과 술장사로 돈을 모아서 품위와는 거리가 멀었지만 은행의 최우수 고객이기 때문에 지점장과 부지점장은 그야말로 설설 기었다. 습관적으로 일어나 인사를 한 김 대리는 박 회장의 뒤로 드리워진 어마어마하게 크고 거대한 그림자에 깜짝 놀랐다. 다른 사람들의 그림자에서는 작게 보였던 창문과 베란다도 엄청나게 크고 선명하게 보였다. 지점장실로 들어가는 박 회장에게 인사를 한 김 대리는 얼떨결에 말했다.

"큰 집에 사시는군요."

그 말을 들은 박 회장이 껄껄 웃었다.

"지난달에 에시앙으로 이사 갔어. 거기 49층 펜트하우스."

박 회장의 얘기를 들은 부지점장이 냉큼 비위를 맞췄다.

"어우, 거기면 엄청 평수가 넓지 않나요?"

"주차장 같은 공용면적 빼도 100평이야. 현관에서 들어가면 거실까지 한참 걸어야 해."

"거긴 아무나 입주시키지도 않고 관리비도 엄청 비싸서 누가 들어가나 했는데 역시 회장님 같은 분이 들어가시는군요."

"뭐, 이사하기 귀찮았는데 집사람이 하도 졸라서 말이야."

호탕하게 웃은 박 회장이 지점장실로 들어가자 문을 열어준 부지점장이 잘했다는 듯 김 대리를 향해 엄지손가락으로 따봉을 날려주고 들어갔다. 문이 닫히기 직전 부지점장의 그림자도 볼 수 있었다. 아까 올라온 고객들과 비슷한 크기의 아파트였다. 30분 정도 후에 나온 박 회장의 그림자는 여전히 크고 우람했다. 갑자기 존경심이 생긴 김 대리가 의자에서 일어나 고개를 숙여 인사를 하자 박 회장이 흡족한 미소를 띠면서 엘리베이터를 탔다. 김 대리가 자리에 앉자 옆자리의 임 주임이 의외라는 표정으로 바라봤다.

"갑자기 사회생활 하기로 한 거야? 박 회장 얼굴만 봐도 오바이트가 나온다고 했잖아."

"이제 참을 만해서."

대충 대답하고 넘어갔지만 사실은 엄청나게 큰 집에 산다는 존경심에서 우러나온 행동이었다. 몇 년 전 결혼하고 맞벌이를 통해 이제 겨우 25평 아파트에 살고 있는 김 대리로서는 넓은 집에 사는 박 회장이 존경스러워 보일 수밖에 없었다.

그렇게 오전 시간이 지나고 점심을 먹기 위해 다들 밖으로 나갔지만 김 대리는 속이 안 좋다는 이유로 사무실에 남았다. 오늘 생겨난 이상한 능력 때문에 생각할 거리가 많아져서였다. 그 사람이 살고 있는 집의 크기와 종류를 그림자를 통해 알 수 있다는 사실은 알게 모르게 그의 생각과 행동에 영향을 주었다. 당장 박 회장만 해도 평소에는 졸부에 거만하다고 싫어했지만 집의 크기를 확인한 이후에는 저절로 고개가 숙여질 정도였다. 2층 창가에 서서 서둘러 식당으로 가는 직원들을 내려다보던 김 대리는 제일 뒤에 가는 여직원이 고개를 돌려서 자신에게 손을 흔들어주는 걸 봤다. 몇 달 전 다른 지점에서 온 김이재라는 여직원이었다. 찰랑거리는 긴 머리에 맑고 순수한 눈빛의 소유자라 김 대리는 가끔 자신이 결혼한 아저씨라는 사실을 잊고 엉뚱한 상상을 할 때가 있었다. 김 대리도 손을 흔들어주고 맛있게 먹으라고 속삭였다. 그 순간, 그녀의 그림자가 보였다. 정확하게는 그녀가 살고 있는 집의 그림자가 보인 것이다. 생각보다 너무 작았다.

"다세대네. 한 12평 정도 되겠는데?"

입고 있는 옷이나 들고 다니는 핸드백 모두 명품이었고, 은근히 돈을 잘 써서 집이 부자라는 소문이 돌았는데 막상 살고 있는 집은 엄청 작아 보였다. 그것도 아파트처럼 층층이 쌓인 게 아니라 몇 층만 보였다. 아까의 경험을 토대로 김 대리는 그녀가 살고 있는 집의 종류를 알아차렸다. 김 대리는 점심시간 내내 지나가는 사람들을 창가에서 바라보면서 몇 가지 정보를 얻을 수 있었다. 그림자로 아파트와 빌라, 그리고 구옥을 구분할 수 있었다. 거기에 평수에 따라서 그림자의 크기와 농도가 달랐다.

'집이 비싸면 진하구나.'

어림짐작이지만, 전세나 월세로 추정될수록 그림자는 엄청 연해서 거의 보이지 않을 정도였다. 그러다가 바쁘게 뛰어가는 젊은 남자의 그림자가 정말 연필처럼 가늘고 흐린 것을 보고 중얼거렸다.

"원룸에 사는군."

20대로 보이는 젊은 사람들일수록 상당수의 그림자는 작거나 옅었다. 처음에는 얼떨떨했지만 나중에는 재빠르게 분류했다. 선명한 그림자와 그렇지 않은 그림자, 큰 그림자와 작은 그림자, 부자와 가난한 사람, 자기 집이 있는 사람과 그렇지 못한 사람들이 그의 눈에 선명하게 구분되었다. 왜 이런 능력이 생겼는지 모르겠지만, 대출 심사를 맡은 자신에게 적합한 능력일지 모른다고 멋대로 생각했다. 사람들의 그림자를 지켜보느라 시간을 보내던 김 대리는 문득 배가 고파졌다.

'탕비실에 먹을 게 있으려나?'

계단을 내려간 그는 창구 뒤쪽에 있는 탕비실로 들어갔다. 좁은 탕비실 안에는 오래된 냉장고가 있고, 그 위쪽은 각자 조금씩 내는 상조회비로 사둔 커피나 간식거리가 세팅되어 있었다. 이번 달에 탕비실 정리를 맡은 김이재가 잘 정리를 해놓았다. 냉장고에서 캔 커피를 하나 꺼내고, 위에서 배를 채울 만한 간식거리를 찾고 있는데 갑자기 문이 열렸다. 놀라서 돌아보자 식사를 마치고 돌아온 김이재가 보였다.

"어머, 대리님."

반가워하는 그녀에게 눈인사를 한 김 대리는 반사적으로 아래를 내려다봤다. 복도 안쪽의 탕비실이라 그림자는 보이지 않았지만 아까 본 작고 가느다란 그녀의 그림자를 떠올리며 이유를 알 수 없는 거리감과 우월감을 동시에 느꼈다. 김 대리의 시선을 느낀 김이재가 자신의 발을 내려다봤다.

"스타킹 구멍 났어요?"

그녀의 물음에 아니라고 대답한 김 대리는 캔 커피와 쿠키를 챙겨서 밖으로 나갔다. 자신보다 작은 집에 사는 그녀와 얘기를 나누는 게 시간 낭비 같다는 느낌이 들고, 그녀가 갑자기 하찮게 보인 것이다. 계단을 통해서 2층으로 올라간 김 대리는 창가 소파에 앉아서 캔 커피의 뚜껑을 땄다. 그리고 쿠키를 씹어 먹으며 창문 아래를 내려다봤다. 여전히 사람들의 그림자는 살고 있는 집의 형태로 보였다. 물끄러미 지켜보는데 식사를 마친 임 주임이 올라왔다. 녹말로 만든 이쑤시개로 잇새를 쑤시던 그가 김 대리의 어깨를 슬쩍 쳤다.

"무슨 일 있어?"

혹시나 자신의 능력이 들켰을까 놀란 김 대리가 바라보자 임 주임이 계단을 바라보며 턱짓을 했다.

"이재 씨 말이야."

"걔가 왜?"

"걔라니, 언제는 나보고 이재 씨라고 부르라고 하더니."

임 주임의 말에 김 대리는 짜증을 냈다.

"됐고, 뭔데?"

"이재 씨가 자기가 너한테 뭐 서운하게 한 게 있냐고 묻던데."

"서운하게 하다니?"

"아까 탕비실에서 대꾸도 안 하고 눈도 안 마주치고 올라갔다면서? 혹시 고백했다가 차였냐?"

이번에는 김 대리가 임 주임에게 어깨빵을 했다.

"미친 새끼."

낄낄거린 임 주임이 자리로 돌아가면서 대꾸했다.

"예민한 성격이니까 잘 좀 대해줘. 열심히 하려고 하잖아."

"알겠으니까 이상한 소리 좀 하지 마."

다 마신 캔 커피를 쓰레기통에 던져 넣은 김 대리도 자리로 돌아왔다. 오후에는 고객들이 더 많이 방문하기 때문에 마음의 준비를 해야만 했다. 한숨을 내쉬며 앞쪽의 창문을 응시했다. 낮이 되면서 햇살이 더 세차게 들어왔다. 청원경찰이 올라와 창문의 블라인드를 내리려고 하자 김 대리는 괜찮다며 또 한 번 만류했다. 올라오는 사람들의 그림자를 보고 싶었기 때문이다. 점심시간이 지나자 상담 고객들이 떼지어 계단을 올라왔다. 그리고 마치 먹이를 낚아채듯 번호표를 뽑았다. 박 회장 같은 VIP들은 지점장실이나 VIP룸으로 들어갔다. 대부분의 고객들은 대출 상담을 위해 올라왔는데 가장 중요한 담보는 바로 부동산이었다. 오후가 되면서 햇살이 늘어졌고, 덕분에 창구의 의자에 앉은 고객들의 그림자가 더욱 선명하게 보였다. 그리고 그림자의 크기와 농도는 그들과 상담을 하면서 중요한 기준이 되었다. 김 대리는 크고 선명한 아파트 그림자를 가진 고객에게는 최대한 협조적으로 친절하게 임했다. 반면, 작고 흐릿한 다세대 빌라나 원룸의 그림자를 가진 고객에게는 불친절하고 고압적으로 굴었다. 때때로 큰 소리로 말하는 바람에 옆 창구의 임 주임이 놀라서 칸막이 너머로 시선을 던질 지경이었다. 한차례 폭풍 같은 상담이 끝나고 자료를 정리하고 있는데 임 주임이 슬쩍 칸막이 너머로 넘어왔다.

"괜찮겠어?"

"뭐가?"

화면을 보면서 대꾸하는 그에게 임 주임이 걱정스러운 목소리로 물었다.

"고객한테 그렇게 막 대하다가 컴플레인이라도 걸리면 어쩌려고?"

"그렇다고 요건도 안 되는데 대출을 승인해줄 수는 없잖아. 잘못하면 우리가 독박 쓰는 거 알면서 그래."

심드렁하게 대꾸한 김 대리는 자료를 정리하면서 상담한 고객들의 집을 확인했다. 34평 아파트와 40평 아파트, 38평 아파트와 이면도로와 접해 있는 상가 주인들은 모두 대출을 승인했다. 반면 26평 다세대 빌라와 원룸 거주자, 그리고 반지하에 사는 고객들의 대출은 모조리 거절했다. 이전에는 대출 심사가 복잡해서 서류를 보는 것으로도 머리가 아팠다. 하지만 지금은 그림자를 보고 사는 집의 평수와 종류를 알 수 있어서 바로바로 결정을 내릴 수 있었다. 그것만으로도 일하는 것에 대한 스트레스를 상당히 줄일 수 있었다. 콧노래를 흥얼거리며 서류를 정리하는데 2층으로 김이재가 올라왔다. 고개를 푹 숙인 채 결재 서류를 가지고 지점장실로 들어가던 김이재가 김 대리를 힐끔 바라봤다. 하지만 김 대리는 그녀의 시선을 무시해버렸다. 뭐라고 말을 하려던 그녀는 곧장 지점장실로 들어갔다. 임 주임이 눈치를 보면서 뭔가 말을 하려다가 김 대리를 보고는 입을 다물었다. 지점장실에 들어갔다 나온 김이재는 아까와는 달리 김 대리를 쳐다보지도 않고 아래층으로 내려가버렸다. 하지만 김 대리는 신경도 쓰지 않았다.

임 주임이 끝나고 가볍게 맥주나 한잔하자고 했지만 김 대리는 집에 일찍 들어가야 한다고 얘기하고는 먼저 은행을 나왔다. 어제 아내에게 오늘 장모님이 집에 온다는 얘기를 들었기 때문이다. 바쁘게 지하철역으로 가면서도 끊임없이 주변에 오가는 사람들의 그림자를 살폈다. 크고 작은 아파트와 다세대, 원룸, 반지하, 옥탑방, 구옥이라고 불리는 오래된 집, 심지어 아주 소수지만 한옥의 그림자도 볼 수 있었다. 그림자가 진하면 자기 소유인 거 같았고, 중간 정도면 전세, 흐릿하면 월세나 아니면 부모님 집에 얹혀사는 것 같았다. 김 대리는 그림자를 바라보면서 어느덧 그 주인들을 저울질하기 시작했다. 넓고 큰 집이나 건물을 가지고 있으면 존경스럽고 멋져 보였다. 반면, 작고 흐린 그림자를 가진 주인들은 어쩐지 한심하고 바보처럼 보였다. 저도 모르게 혀를 차며 지하철을 탄 김 대리는 문이 닫히고 그림자가 보이지 않자 비로소 평가를 멈췄다. 집 근처 역에 내릴 즈음 아내에게 톡이 왔다. 며칠 후가 장모님 생신이니까 오신 김에 생일 파티를 해드리자며 케이크를 사 오라는 내용이었다. 장모의 나이를 계산한 김 대리는 지하철역 근처 제과점에 들어갔다. 그리고 냉장고에 있는 딸기 케이크를 골라서 포장했다. 해가 떨어지긴 했지만 가로등과 건물과 가게에서 내뿜는 조명 덕분에 그림자는 여전히 사라지지 않고 있었다. 김 대리가 살고 있는 아파트 근처로 올수록 사람들의 그림자는 거의 비슷했다. 외곽에 조성된 아파트 단지라서 오가는 사람들의 그림자가 다들 아파트 형태로 바뀐 것이다. 다만, 평수와 자가인지 전세인지에 따라서 크기와 농도가 조금씩 달랐다. 그림자가 대체로 비슷해지자 김 대리는 편안함을 넘어서 동질감까지 느꼈다. 그래서 엘리베이터를 같이 탄 주민에게 스스럼없이 웃어 보였다. 물론 상대방은 갑작스럽게 웃는 김 대리를 보고는 의아한 표정을 짓긴 했다. 8층에서 내려서 전자 도어록의 비밀번호를 누르고 들어가자 고소한 부침개 냄새가 풍겨 왔다. 몇 년 전, 처음 인사를 드리러 갔을 때 장모님은 달리 대접할 게 없다면서 부침개를 만들어줬었다. 당시 여자친구인 아내의 부모님을 처음 만나는 자리라서 긴장한 나머지 딸꾹질까지 했다가 부침개를 먹으면서 정신을 차렸던 적이 있었다. 포장된 케이크를 들고 부엌으로 향하자 아내와 장모님의 뒷모습이 보였다. 장모님이 돌아보면서 활짝 웃었다.

"어서 와. 김 서방."

"장모님, 생신 축하드립니다."

김 대리가 두 손으로 케이크를 건네자 장모님이 손사래를 치면서도 기뻐했다.

"아이고, 뭘 이런 걸 사 와."

스테인리스로 된 뒤집개를 들고 있던 아내도 돌아섰다.

"얼른 씻고 나와. 밥 먹자."

"그래."

입고 있던 양복 상의를 벗어서 소파 등받이에 던진 그는 양말을 벗으며 화장실로 들어갔다. 세수를 하고 나온 그는 건넛방으로 가서 옷을 갈아입고 부엌의 식탁으로 향했다. 아내와 장모님은 그가 좋아하는 부침개는 물론이고 잡채까지 만들어놨다. 장모님이 잡채가 든 접시를 식탁에 놓으며 말했다.

"사위 불편하게 자꾸 오면 안 되는데 애가 생일 챙겨준다고 꼭 오라고 해서 말이야."

"잘 오셨어요."

계약직 사서로 일하는 동갑내기 아내는 무남독녀였고, 장인은 30년 전에 사고로 세상을 떠나서 얼굴도 보지 못했다. 아내는 혼자 있는 어머니를 늘 신경 썼다. 식탁에 앉은 세 사람은 식사를 하는데 젓가락을 든 아내가 물었다.

"오늘은 별일 없었어?"

마치 오늘 남편에게 특별한 능력이 생겼다는 것을 꿰뚫어 보고 있는 것 같은 질문에 김 대리는 잠시 할 말을 잊었다. 하지만 곧 태연스럽게 거짓말을 했다.

"똑같지, 뭐."

"요즘도 대출 심사해, 김 서방?"

잡채를 젓가락으로 집은 장모님의 물음에 김 대리는 고개를 끄덕거렸다.

"네, 당분간 계속 할 거 같아요. 대출 필요하세요?"

장난스러운 그의 물음에 장모님이 잡채를 김 대리의 밥그릇에 올리면서 대답했다.

"그랬으면 좋겠는데 집이 워낙 쥐꼬리만 해서."

그 말을 들은 김 대리는 장모님의 집을 떠올렸다. 인천과 부천 사이의 외곽에 있는 작은 빌라였다. 아내가 처음 데리고 갈 때 굉장히 민망해했던 기억이 새삼 떠올랐다. 식사를 마치고 케이크에 초를 꽂고 생일 축하를 한 후에 김 대리는 자연스럽게 거실의 소파로 나왔다. 아내와 장모님이 부엌에서 둘이 따로 얘기할 수 있는 시간을 주기 위해서였다. 소파에 앉으면서 TV를 켜자 우연의 일치인지 부동산 관련 뉴스가 나왔다. 정부의 부동산 규제 정책 시행을 앞두고 아파트 거래가 급증하고 있다는 내용을 보고 있는데 부엌에서 설거지를 마친 아내와 장모님이 나왔다. 아내는 소파 앞 테이블에 앉아서 가지고 나온 사과를 깎고 있었다. 장모님은 베란다로 가서 달을 올려다봤다.

"달이 참 곱네. 벌써 그믐달이 떴어."

장모님을 따라 베란다로 나온 김 대리는 적당히 맞장구를 치려다가 흠칫 놀랐다. 달빛에 비친 장모님의 그림자가 너무 작고 초라했기 때문이다. 대략 15평 정도 되는 다세대 빌라에 산다는 것이 새삼 떠올랐지만 그림자를 통해 보게 되자 지금까지 없었던 거리감이 생겨났다. 장인이 일찍 세상을 떠나고 온갖 일을 하면서 외동딸을 키우고 가르치느라 넓은 집을 살 여유가 없었다는 걸 알고 있긴 했지만 그런 배경은 보여지는 그림자에 지워져버리고 말았다. 김 대리의 속마음을 전혀 눈치채지 못한 장모님은 천진난만한 눈으로 그믐달을 올려다보다가 고개를 돌렸다.

"이 아파트는 정말 잘 산 거 같아. 살 때 돈이 모자라다고 했는데 보태주지도 못해서 참 미안했는데."

거실에서 사과를 깎던 아내는 그 말을 듣고 혀를 찼다.

"벼룩의 간을 빼 먹지 어떻게 엄마한테 손을 내밀어."

"그래도 너 결혼할 때 혼수도 제대로 못 해줬는데."

그러면서 다시 김 대리를 살짝 바라봤다. 김 대리는 속마음을 주저앉히고 다른 얘기를 꺼냈다.

"다이아 반지랑 어머니 한복이면 충분했어요. 그리고 제가 명색이 은행 직원인데 대출 하나 못 땡기겠어요."

"그러게, 천만다행이지 뭐야."

손으로 입을 가린 채 웃는 장모님의 모습이 갑자기 한심해 보였다. 평생 번듯한 집 한 채 장만하지 못하고 사위의 집을 탐내는 옹졸하고 욕심 많은 노인네로 느껴졌다. 그래서 따라 웃지 않고 도로 거실로 들어왔다. 그리고 아내가 깎은 사과를 집어 먹었다. 어릴 때부터 사과를 유독 좋아했던 그는 열심히 씹으면서 장모님에 대한 생각을 지우려고 노력했다. 갑자기 사람들의 그림자가 다르게 보이면서 생각도 달라져가고 있다는 사실에 마음이 더 없이 복잡해졌다. 리모컨을 들고 다른 채널로 돌리던 아내는 트로트 가수가 보이자 얼른 어머니를 불렀다. 그리고 리모컨을 테이블에 놓으면서 남편인 김 대리에게 다시 물었다.

"진짜 별일 없는 거지?"

없다고 대답하기 위해 아내를 바라보던 김 대리는 흠칫 놀랐다. 거실 안으로 들어온 달빛이 아내에게 그림자를 만들어준 것이다. 아내의 그림자는 대략 20평대 중반의 아파트였는데 흐릿하게 보였다.

'이 집이 전세가 아니고 자가인데 왜 흐릿하게 보이지?'

그러다가 이 아파트를 살 때 아내가 보탠 돈이 적었

다는 것이 떠올랐다. 마침 장모님이 아파서 병원비를 써야 했고, 일을 하지 못하는 상황이었다. 아내는 몇 번이고 미안하다는 말을 했고, 김 대리는 괜찮다고 하고 넘어갔다. 하지만 이제 아내의 그림자를 보면서 생각이 뒤틀렸다. 기껏 대학까지 나오고 공부를 하고도 아직까지 정규직이 되지 못한 채 계약직을 전전하고 있다는 사실이 새삼 한심하게 느껴진 것이다. 모녀가 똑같다는 데에까지 이르자 순간, 김 대리는 너무 나갔다는 생각에 숨을 크게 들이쉬었다. 방금까지 든 생각을 날려버리고는 사과를 열심히 씹어 먹었다. 하지만 그럴수록 아내의 그림자가 더욱 눈에 들어왔다. 이해할 수 없지만 아내와 장모님의 행동 하나하나가 마음에 들지 않고 위선적으로 보였다. 마치, 낮에 김이재의 그림자를 보고 그녀가 하찮게 느껴진 것과 비슷한 감정이었다. 혹시나 속마음이 밖으로 나올까봐 겁이 잔뜩 난 그는 입을 다물고 사과만 먹어댔다. 그런 김 대리의 눈치를 본 장모님은 얼른 집에 가야겠다고 일어났다. 아내는 좀 더 있다 가라고 했고, 김 대리 역시 만류했지만 장모님은 마치 쫓기는 사람처럼 서둘러 현관 밖으로 탈출했다. 아내가 배웅을 한다며 슬리퍼를 신고 따라 나갔다. 김 대리는 사과를 하나 집은 채 베란다로 나가서 밖으로 나온 두 사람을 내려다봤다. 가로등과 달빛에 비친 아내와 장모님의 그림자는 흐리고 초라했다. 갑자기 사과가 맛이 없다고 느껴진 김 대리는 아래로 던져버리고는 돌아서서 거실로 들어왔다.

다음 날, 김 대리는 출근 준비를 하는 아내에게 다녀오겠다는 말을 하고는 현관을 나섰다. 혹시나 능력이 사라졌는지 궁금했지만 아파트 정문에서 빗자루로 낙엽을 쓸고 있는 경비원을 마주치면서 그런 걱정이 사라졌다. 모자를 살짝 벗고 인사하는 경비원 옆으로 다세대 빌라의 그림자가 비쳤기 때문이다. 다소 안심한 그는 가볍게 고개를 끄덕거리고는 마을버스 정류장으로 향했다. 정류장에 모인 사람들의 그림자가 어지럽게 엉켜 있다가 마을버스가 도착하자 한 꺼풀 벗겨지는 것처럼 본색을 드러냈다. 끊임없이 나타났다가 사라지는 그림자들을 밟고 마을버스를 탄 김 대리는 은행으로 향했다. 2층으로 올라가면서 직원들의 그림자를 힐끔 살폈다. 실내라 흐릿하긴 하지만 대략 구분이 가능했다. 쓱 살펴본 김 대리는 창구에 앉아서 정면을 바라봤다. 서서히 햇살이 창문을 넘어오면서 그림자를 만들 준비를 하고 있었다. 손가락을 우두둑 꺾으면서 바라보는데 출근 시간에 겨우 맞춰서 헐레벌떡 뛰어들어온 임 주임이 숨을 헐떡거리며 자리에 앉았다. 임 주임의 그림자도 보고 싶었지만 아쉽게도 창구까지 햇빛이 들어오지는 않았고, 전등은 좀 떨어진 곳에 있어서 보이지 않았다. 임 주임은 자신이 앉은 의자 주변을 빤히 보는 김 대리에게 말했다.

"어제부터 왜 이렇게 땅을 봐. 뭐라도 떨어뜨렸어?"

"아니, 그냥."

"아까도 직원들 인사 안 받고 쌩하고 올라왔다며? 사이가 나빠지기로 작정한 거야? 조심해. 그러다 말 나오면 귀찮아져."

"우리야 대출 심사 잘해서 은행에 손해만 안 끼치면 되잖아. 1층에 있는 애들이 우리 목줄을 잡고 있는 것도 아니고 말이야."

김 대리의 반박에 임 주임이 귀찮다는 표정으로 대꾸했다.

"그렇게 생각하고 싶으면 하고, 나는 이제 더 이상 모르겠다."

임 주임과 가벼운 얘기를 나누던 김 대리는 위로 올라오는 발자국 소리가 들리자 반사적으로 계단을 쳐다봤다. VIP들은 엘리베이터를 이용하도록 하니까 아마도 일반 고객인 것 같았다. 올라온 고객은 청재킷을 입은 20대 젊은 남자였다. 계단을 올라와서 두리번거리다가 창구를 발견하고는 다가왔다. 임 주임은 마침 서류를 정리하고 있어서 김 대리는 자기 쪽으로 오라는 손짓을 했다. 다가오는 청년을 바라보던 김 대리는 흠칫 놀랐다.

'그, 그림자가 보이지 않아.'

건물들은 자기 그림자를 가지고 있었고, 사람들은 자기가 살고 있는 집에 맞는 그림자를 붙이고 다녔다. 그런데 천진난만한 표정의 청년에게는 아무런 그림자가 없었다. 놀라서 엉거주춤하는 그에게 젊은 남자가 물었다.

"왜요?"

퍼뜩 정신을 차린 그는 서둘러 의자를 가리켰다.

"아, 아닙니다. 앉으십시오. 무슨 일로 오셨습니까?"

의자를 당겨서 창구에 바짝 다가온 청년은 가지고 온 가방에서 주섬주섬 서류들을 꺼내면서 말했다.

"저, 소액 대출을 받으려고요. 가능할까요?"

김 대리는 창구에 있는 서류를 투명 칸막이 너머로 건네주었다.

"일단 서류부터 작성해주시고요."

젊은 남자가 볼펜으로 열심히 또박또박 작성을 해서 서류를 건넸다. 서류를 건네받은 그가 조회하자 가장 먼저 뜬 건 연체를 4회나 했다는 것, 그리고 마이너스 통장을 거의 한도까지 사용했다는 내용이었다. 그래서 신용 점수가 최하위였다. 김 대리의 눈치를 보던 청년이 청재킷의 옷깃을 만지작거리면서 입을 열었다.

"저기, 아버지께서 하시던 사업이 실패하면서 집안이 많이 기울어졌어요. 살고 있던 집이랑 공장은 다 넘어갔고, 저도 아버지 부탁으로 마이너스 통장 만들어서 돈을 보탰다가……."

차마 말을 잇지 못하는 청년의 얼굴에 서글픔이 묻어 나왔다. 하지만 전산으로 확인한 신용 상태도 그렇고 아예 그림자가 보이지 않는다는 점은 김 대리의 마음을 닫게 만들었다. 힐끔 주소를 확인한 김 대리가 물었다.

"지금 살고 있는 곳이?"

예상 밖의 질문이었는지 살짝 당황한 표정의 청년이 서둘러 대답했다.

"고시원에 삽니다. 2평짜리인데 그래도 창문은 있어요. 화장실이 없긴 하지만요. 부모님은 지금 고향에 내려가 계십니다. 할아버지가 물려준 집이 한 채 있거든요."

 청년은 자그마한 희망의 불씨를 활활 태워보려고 했지만 김 대리는 냉정하게 꺼버렸다.

 "잘 아시겠지만 신용 점수가 너무 낮고 마이너스 통장도 거의 한도까지 사용하셨어요. 연체도 여러 번 있어서 대출이 어렵습니다."

 "어떻게 소액이라도 안 될까요? 어머니가 편찮으셔서요."

 김 대리는 서류를 투명 칸막이 너머로 돌려주면서 대답했다.

 "죄송합니다. 이 상태면 어렵습니다."

 뭔가 말을 하려던 청년은 김 대리의 차가운 눈빛을 보고는 그대로 일어나 아래층으로 내려갔다. 인사를 하는 척 일어난 김 대리는 청년의 뒤에 달린 흐릿한 그림자를 봤다.

 '마치 땅이 파인 것 같네. 사는 곳이 너무 작고 빚이 많아서 그런 거 같아.'

 도로 의자에 앉은 그에게 임 주임이 속삭였다.

 "왜 이렇게 매몰차졌어. 울 거 같던데."

 "집이 없어."

 "뭐라고?"

무심코 말해버린 김 대리는 아차 싶어서 얼버무렸다.

"담보를 잡을 부동산이 없잖아. 마이너스 통장도 한도까지 쓴 거 같고, 대출해줬다가는 100퍼센트 문제가 생길 거야."

집이 없는 게 문제라는 말은 하지 않았다. 임 주임은 김 대리가 좀 이상해진 거 같다라고 중얼거리며 다시 업무를 봤다. 김 대리는 갑자기 허탈함과 혼란함을 느꼈다. 어제부터 겪은 일들이 하나씩 생각나자 더 이상 견디지 못할 거 같았다. 김 대리가 갑자기 손으로 머리를 감싸안으며 괴로워하자 임 주임이 물었다.

"그러고 보니 아까도 청년의 발밑을 보고 있던데…… 진짜 무슨 일 있는 거야?"

김 대리는 대답할 수 없었다. 어떻게 설명하겠는가? 발밑에 당신들이 사는 집의 그림자가 보인다고 말할 수는 없었다. 견디다 못한 김 대리는 벌떡 일어났다.

"잠깐 병원 좀 갔다 올게."

"나 혼자 어떡하라고?"

임 주임의 투덜거림을 뒤로한 채 은행 뒷문으로 나온 김 대리는 주변을 돌아봤다. 거인처럼 우뚝 선 빌딩들의 다닥다닥 붙은 간판들 중에 신경정신과가 보였다. 그 간판을 보면서 걷는데 갑자기 누더기를 걸친 거지가 앞을 막아섰다. 배가 고프다며 손을 내미는 그에게는 그림자가 없었다. 불쌍한 마음 대신 혐오감이 생긴 그는 노숙자를 피해서 건물로 걸어갔다.

다행히, 바로 원장과 만날 수 있었다. 벽에는 졸업장과 상장들이 다닥다닥 붙어 있었고, 책상에는 화려한 명패가 있었지만 김 대리가 궁금했던 건 원장의 그림자였다. 넓고 은은하게 퍼진 그림자에는 정원 같은 게 딸려 있는 걸 확인할 수 있었다.

'대략 60평은 되어 보이네. 전원주택 같아.'

서류를 가지고 들어온 간호사의 그림자도 볼 수 있었다. 작고 가느다란 그림자가 희미한 걸 보고는 속으로 17평 월세 빌라라고 생각했다. 무슨 일로 왔느냐는 원장의 말에 김 대리는 어제부터 생긴 자신의 괴상한 능력과 그것으로 인해 벌어진 심리적 고통을 속사포처럼 털어놨다. 원장은 최대한 평정심을 유지하려고 노력하는 거 같았지만 간간히 얼굴에 당혹감을 드러냈다. 간호사가 가져온 서류들을 내려다보던 원장이 말했다.

"김평수 씨의 증상은 일단 망상 장애로 추정됩니다."

"망상이요?"

"네, 은행에서 담보대출 업무를 하고 계시잖아요. 그 일로 스트레스를 받아서 그런 거 같습니다. 대기실에서 검사를 하시고, 결과 보고 얘기를 좀 더 나눠보겠습니다."

고개를 든 원장이 그림자를 드리우고 있는 간호사를 바라봤다. 간호사가 따라오라는 말을 하고는 문을 열었다. 김 대리는 엉거주춤 일어나서 17평 월세에 사는 간호사의 뒤를 따라갔다. 대기실은 넓고 쾌적했다. 한쪽에는 가습기가 틀어져 있었고, 창문에서 넘어온 햇살은 적당했다. 푹신한 일인용 소파와 테이블 들이 일정한 거리를 두고 자리 잡고 있었다. 테이블에 서류와 볼펜을 놓은 간호사가 김 대리에게 말했다.

"다 적으신 다음에 저에게 주세요."

간호사가 나가고 소파에 앉은 김 대리의 휴대폰이 시끄럽게 울렸다. 임 주임의 이름을 확인한 그는 무음으로 바꿔버렸다. 볼펜을 들어서 서류를 쓰려던 그의 눈에 그림자들이 보였다. 먼저 와서 서류를 적거나 대기하고 있는 환자들이 가지고 있던 그림자였다. 50평대의 큰 아파트부터 30평대의 빌라, 그리고 10평도 안 되는 원룸, 그리고 아까 만난 청년처럼 그림자가 아니라 깊게 파인 것 같은 어둠도 보였다. 어디에서도 그림자에게서 도망칠 수 없다는 사실을 깨달은 김 대리는 쥐고 있던 볼펜을 내동댕이치며 서글프게 웃었다.

"우리는, 우리는 그림자일 뿐이야. 크거나 작거나 혹은 없거나."

김 대리의 혼잣말을 들은 환자 중 누군가가 중얼거리는 소리가 들렸다.

"멀쩡하게 생겼는데 미친놈이네."

김 대리, 김평수는 나는 미치지 않고 그림자가 미쳤다고 대꾸하려고 했다. 하지만 웃고 있던 입에서는 웅얼거리는 소리밖에 나오지 않았다.

작가 노트

평수는 왜 그림자를 보게 되었을까

「평수의 그림자」는 부동산을 둘러싼 대한민국의 비극을 다룬 비극이자 어느 날 타인의 그림자에서 그 사람이 사는 곳을 알아보게 된 한 남자의 이야기를 다룬 희극이기도 합니다. 이런 엉뚱한 설정을 가지고 이야기를 만든 것은 비극적이면서도 희극적인 대한민국의 현실을 풍자하고자 하는 의미였습니다. 처음 부동산 혹은 전월세를 주제로 한 앤솔러지에 참여하기로 결정했을 때, 참으로 마음이 복잡했습니다. 좋은 아이디어가 생각나지 않아서 고민하던 어느 날, 갑자기 어린 시절 TV에서 본 코미디의 한 장면이 떠올랐습니다. 온갖 고생을 하다가 어렵게 집을 장만한 가장이 그 사실을 자랑스러워하면서 우쭐대는 장면을 코믹하게 그린 내용이었습니다. 가장은 지나가던 사람을 붙잡고 다짜고짜 집이 자가인지 전세인지 묻습니다. 자가라고 하면 그냥 보내고 전세나 월세 산다고 하면 아직 집도 사지 못하고 뭘 하고 있었느냐고 구박하면서 자기 집을 자랑하는 방식입니다. 어린 시절이라 집이 어떤 의미인지 잘 몰랐지만 그 와중에도 집을 가지고 있는 게 큰 자랑거리이자 사람을 훈계를 할 수 있는 자격이 될 수도 있다는 걸 어렴풋하게 깨달았습니다. 그리고 그걸 기억해내며 이번 소설이 시작되었습니다. 사실 비슷한 시기에 산책을 하다가 벤치에 앉았는데 오가는 사람들의 그림자가 살짝 이상하게 보인 적이 있었습니다. 왜 그랬는지는 모르겠지만 꼭 레고 블록 같은 느낌이 들어서 계속 마음에 담아두었죠. 이리저리 고민하던 중에 만약 그 그림자가 집이라면 어땠을까, 라는 생각을 하면서 이번 작품이 탄생한 것입니다. 만약 누군가의 눈에 상대방의 그림자가 그 사람이 사는 집으로 비춰진다면 어땠을까, 라는 상상으로 말입니다. 제가 내린 결론은 그 사람에 대한 평가의 기준이 달라질 것이다, 라는 겁니다. 예전에 TV에서 본 그 코미디 프로그램의 가장처럼 말입니다.

서글픈 일이고, 고통스러우면서도 어처구니없는 일

이긴 합니다. 종종 강연을 하러 학교에 가는데 학생들이 다른 학생에게 빌거라고 말하는 걸 들은 적이 있습니다. '빌라에 사는 거지'라는 뜻인데 그 학생의 성적이나 성격 같은 것 아니라 오직 사는 집, 그것도 부모님의 경제력에 의해 결정된 문제를 가지고 거지 운운한다는 사실에 큰 충격을 받았습니다. 그리고 이 글을 준비하면서 전세사기에 대해서도 알게 되었죠. 전세라는 제도의 맹점을 이용해서 한 사람이 수백 채, 혹은 천여 채가 넘는 집을 사들이고, 갑자기 사망하게 되면서 전세 자금이 모두 증발해버리는 일이 벌어진 것입니다. 사기를 친 사람이 살아 있고 사기가 발각되어서 감옥에 간다고 해도 피해자가 입은 정신적, 금전적 고통이 해결되는 것도 아니었습니다. 정작 사기 피해를 입은 많은 사람들이 잘못된 결정을 내렸다는 죄책감에 시달린 채 스스로 목숨을 끊거나 폐인이 되는 일도 벌어졌습니다. 지금도 전세사기 피해자들의 돈이 어디로 갔는지 정확하게 알려져 있지는 않습니다. 우리나라 사람들에게 영혼이나 다름없는 존재인 집을 가지고 사기를 쳤다는 것은 너무나도 끔찍한 일입니다. 사기라는 범죄가 피해자의 영혼을 시들게 만드는 악독한 짓이고, 더군다나 집이라는 소중한 존재를 송두리째

말살시켜버렸다면 제정신으로 버틸 사람은 없을 겁니다. 더 안타까운 건 대부분의 피해자들이 정말 성실하게 돈을 모아서 어렵게 집을 장만했기에 애써 모은 돈으로 사들인 자신의 집이 사라졌을 때 받은 충격이 어마어마했습니다. 하지만 전세사기 사건이 불거졌을 당시 사회는 그들을 외면했고, 거들떠보지 않았습니다. 내 일이 아니라는 이유로 신경 쓰지 않았고, 법정에서는 범죄를 저질렀다는 증거가 부족하고, 그럴 의도가 있었는지 불명확하다는 이유로 솜방망이 처벌을 내리거나 심지어 풀어주기까지 했습니다. 설사 감옥에 들어간다고 해도 피해자가 받은 피해는 보상되지 않습니다. 처음에는 전세사기를 직접적으로 다뤄보고 싶었지만 다른 작가님들에게 미뤄두고 저만의 방식으로 풀어보기로 했습니다.

우리는 태어나서 삶을 살아가고 있으며, 삶을 살아가야 할 이유와 목적이 있습니다. 숨을 거두는 그 순간까지 최선을 다해서 살아가야 하는 것이죠. 하지만 중간에 타인에 의해서 그것이 꺾였을 때, 그리고 다시 원상 복귀가 불가능하다고 느껴질 때 사람들은 삶을 살아가야 할 이유와 목적을 잃고 방황하게 되어버립니다. 국가와 사회는 그런 일을 막아야 할 의무가 있으며, 그런 피해를 입은 사람들을 보호하고 구제해주어야 합니다. 나와 상관없는 일이라는 식으로 방치하면 언젠가 나에게도 피해가 올지 모릅니다. 사회라는 거대한 안전장치가 무너지면 모두가 피해자가 될 수밖에 없다는 점을 저는 이번 글을 쓰면서 다시금 느꼈습니다. 다양한 방식의 사기 사건을 보면서 인간의 악랄함과 창의성에 놀랐고, 그런 와중에도 어떻게든 살아가기 위해 노력하는 사람들, 자신의 범죄 때문에 사람들이 피해를 입고, 고통받는다는 사실을 외면한 채 물질만능주의에 빠진 사람들을 보면서 우리 사회가 가지는 어두운 면을 다시금 들여다보게 되었습니다. 그리고 문득 그들이 가진 그림자가 궁금해졌습니다. 피해자들의 그림자는 과연 주인처럼 좌절하고 슬퍼할까? 범죄자들의 그림자는 과연 으스대고 기뻐할까? 어쩌면 좌절한 피해자는 그림자 속으로 숨어버리는 건 아닐까.

고통은 삶의 필연적인 동반자입니다. 하지만 그것이 한도를 넘어 복구가 안 된다고 생각하면 사람들은 삶을 포기하기 마련입니다. 우리는 살면서 다양한 고통을 겪고 치료하면서 살아갑니다. 작은 것에 위안을 얻고 가족이라는 버팀목을 통해 넘어지지 않고 우뚝 설 수 있는 것이죠. 저는 명목상 전세이지만 어머니 소유의 다세대 빌라에 살고 있어서 사실상 집 문제로 고생하거나 고민한 적은 없습니다. 그래서 전세사기 등 뉴스를 불태우는 각종 사건 사고들을 딴 세상 이야기처럼 느꼈습니다. 하지만 전세사기를 비롯한 부동산 문제는 대한민국을 살아가는 대다수의 사람들이 직간접적으로 겪고 있는 고통이기도 합니다. 저는 문학이 우리 사회의 가장 낮고 어두운 곳을 비추는 등불이어야 한다고 믿습니다. 사람들에게 길을 잃지 않게 만들어주고, 어둠 속에서 헤매는 이들에게 가야 할 곳을 알려줌과 동시에 용기를 불어넣어주는 역할을 해야 한다고 말이죠. 이번 소설은 그런 문학의 역할을 하기 위해 쓴 소설입니다. 사람의 본성과 능력 대신 살고 있는 집의 크기나 거주 형태에 따라 평가를 받고, 그게 부족하면 아무리 훌륭하다 해도 성공한 사람 취급을 받지 못하는 우스꽝스러운 일이 아무렇지도 않게 벌어지고 있으니까요. 사람이 온전히 그 사람의 능력과 품성으로 평가받지 못하는 시대는 아무리 물질적으로 풍요로워도 결코 행복한 삶을 보장하지 못합니다. 사회적으로 민감하고 고통스러운 주제로 이야기를 쓸 때는 항상

조심스럽습니다. 피해자들에게 본의 아니게 더 큰 마음의 상처를 주는 것이 아닌가 하는 마음에서 말이죠. 하지만 이번 단편, 그리고 이 단편이 속한 앤솔러지들은 하나같이 부동산을 둘러싼 우리들의 아픔과 서늘함을 담고 있습니다. 피해를 입은 분들에게 진심으로 위로의 말을 건넵니다. 결코 여러분의 잘못이나 욕심 때문에 벌어진 일이 아니라는 것을 너무나 잘 알고 있습니다.

밀어내기

정진영

작가 노트
사다리는 무너졌다

1981년 대전 출생. 2011년 〈조선일보 판타지 문학상〉을 수상하며 작품 활동 시작. 소설집 『괴로운 밤, 우린 춤을 추네』. 장편소설 『도화촌 기행』 『침묵주의보』 『젠가』 『다시, 밸런타인데이』 『나보다 어렸던 엄마에게』 『정치인』 『왓 어 원더풀 월드』.

도대체 어디서부터 잘못된 거지?

 6년 전, 결혼을 앞두고 있던 나는 서울 동대문구 일대에 조성된 뉴타운의 한 신축 아파트 단지에 신혼집을 마련했다. 전용면적 84제곱미터, 방 세 개에 화장실 두 개, 보증금은 2억 4천만 원인 전세 물건이었다. 신혼집 마련 과정은 순탄치 않았다. 아내는 결혼 초부터 빚지고 살기를 원하지 않았다. 나도 아내와 같은 생각이었다. 그 외엔 모두 엇갈렸다. 의견 충돌이 심각한 감정싸움으로 번져 서로의 목구멍에 파혼이라는 단어가 걸리는 순간까지 왔을 정도로.
 지방 출신인 나는 아파트든 빌라든 오피스텔이든 상관없으니 자가로 신혼집을 마련하고 싶었다. 어린 시절에 아버지 사업이 잘 풀리지 않아 우리 가족은 자주 이사를 다녔다. 그 때문에 한동네에서 오래 얼굴을 보고 자라 친하게 지내는 또래들 사이에서 겉돌았고, 가끔 따돌림도 당했다. 우리 가족이 반지하 빌라에 처음 자가를 마련했던 날은 살면서 기억에 남는 날 중 하나다. 그날 나는 잠들기 직전까지 작은 거실을 방방 뛰어다니며 온몸으로 기쁨을 표현했다. 그 무렵부터 친한 동네 친구가 생겼고, 그 시절에 맺은 인연의 일부는 지금도 이어지고 있다.

대학생 시절에 기숙사와 고시원을, 직장에 들어와 원룸과 투룸 월세방을 전전하면서도 내 집 마련을 꿈꾸며 부지런히 청약통장에 돈을 붓고 적금통장과 예금통장을 돌렸다. 주식이나 코인은 쳐다보지도 않았다. 주식과 코인으로 꽤 재미를 봤다며 파이어족*이나 퇴사를 운운하던 직장 동료 대부분이 나중에 말없이 열심히 회사에 다니는 모습을 보니, 실체 없는 자산은 불안해 보였다. 우리 가족의 반지하 빌라가 종잣돈이 돼 아파

---

* 'Financial Independence, Retire Early'의 약자. 젊을 때부터 적극적으로 저축과 투자를 통해 경제적 자립을 이루고, 3, 40대 이른 나이에 조기 은퇴하는 것을 목표로 하는 사람들을 의미한다.

트, 그리고 더 넓은 아파트로 불어나는 모습을 본 나는 믿을 만한 자산은 자기 이름으로 등기를 친 부동산뿐이라 확신했다.

나와 아내가 각자 그동안 모은 돈을 합쳐보니 1억 4천만 원가량이었고, 양가 부모의 지원금 합계가 2억 원에 살짝 못 미쳤다. 둘을 더하면 서울 하급지의 20평대 아파트나 수도권 신도시의 국평* 신축 아파트를 아슬아슬하게 대출 없이 마련할 수 있을 것 같았다. 직주근접성은 떨어져도, 주택담보대출 원리금 상환이나 이사 걱정 없이 마음 편하게 몸을 뉠 곳이 있다는 건 얼마나 감사한 일인가. 아내와 쉬는 날에 데이트 삼아 임장**을 갈 때마다 마음이 설렜다.

아내의 생각은 나와 달랐다. 신혼집 임장이 반복될수록 아내의 얼굴에 드리우는 그늘이 짙어졌다. 서울 마포 지역 토박이인 아내는 수도권은 물론 하급지에 신혼집을 얻어도 상관없다는 내 의견에 점점 거부감을

---

* '국민 평형'의 줄임말로, 대한민국에서 가장 대중적인 아파트 평형을 의미한다. 전용면적 84제곱미터(25평)를 기준으로 하며, 공급면적은 112-114제곱미터(30-34평)로 구성된다.
** 부동산을 사려고 직접 현장에 가서 탐방하는 활동을 의미하는 신조어.

드러냈다. 아내가 원하는 조건은 단 하나였다.

"현재 주거 환경보다 떨어지는 신혼집은 싫어."

처가는 마포 지역의 준신축* 대단지** 국평 아파트이고, 아내는 그곳에서 직장이 있는 광화문까지 출퇴근했다. 출퇴근은 평균 왕복 한 시간을 넘지 않았다. 아내가 원하는 주거 환경의 기준은 처가였다. 문제는 그런 조건의 집을 대출 없이 마련하는 건 불가능하다는 것이었다. 아내는 나와 달리 전세도 괜찮다고 했다.

"쓰지도 못할 큰돈을 집에 깔고 앉아서는 아등바등 사는 거 구질구질하지 않아?"

나는 어린 시절 이야기를 들려주며 아내를 설득했지만 소용없었다. 아내는 단호했다.

"내가 신데렐라를 바라는 게 아니잖아. 최소한 현상 유지는 하고 싶다는 게 그렇게 큰 욕심이야?"

적극적으로 신혼집을 알아보다가 수동적으로 신혼집을 받아들여야 하는 처지로 바뀐 나는 임장에 심드렁해졌다. 그런데도 아내가 선택한 신혼집은 꽤 만족

---

* 준공된 지 5년 초과 10년 이하인 아파트를 가리키는 신조어.
** 법적으로 기준은 없지만, 최소 1천 세대 많게는 2천 세대 이상을 대단지 아파트로 본다.

스러웠다. 아파트 단지 바로 앞에 대형 마트가 있고, 편의점도 여러 곳 있어 쇼핑이 편했다. 주차장 폭도 대형 마트에 있는 장애인 주차 구역만큼 넓었다. 백화점과 도서관도 아파트 단지와 멀지 않았고, 피트니스 센터, 골프 연습장, 농구장, 독서실 등 입주민을 위한 커뮤니티 시설도 잘되어 있었다. 아파트 단지가 산과 하천을 끼고 있어서 퇴근 후나 휴일에 산책하기도 좋아 보였다. 아내가 내 눈치를 살피더니 장난스럽게 물었다.

"솔직히 좋지?"

단지 내 신혼집과 같은 공급 면적 매물의 실거래가는 5억 원 후반이었다. 지금 가진 돈에 주택담보대출 2억 원을 더하면 감당할 수 있는 금액이었다. 당시 아내와 내 연봉을 합치면 1억 원이 넘었기 때문에 대출 원리금 상환에 큰 부담을 느낄 처지는 아니었다. 금리도 그리 높지 않았다. 나는 대출을 받아 집을 사는 게 낫지 않겠냐고 아내에게 조심스럽게 제안했지만, 아내는 고개를 저었다.

"빚 없이 살자는 생각이 변한 거야? 우리 아슬아슬하게 살지 말자."

가진 돈에서 전세 보증금을 부담하자 1억 원 가까운 돈이 남았다. 아내는 새집에 어울리는 가전과 가구를 원했다. 나 또한 싼 게 비지떡이란 생각으로 아내의 의견에 동의했다. 최신형 가전과 고급 가구로 채운 신혼집은 제법 볼만했다. 이렇게 근사한 집에서 사는 날이 내게도 오다니. 가슴이 벅차올라 신혼집이 자가가 아니라 전세라는 사실을 잊어버릴 정도였다. 신혼집 꾸미기를 마친 날 저녁, 아내와 나는 식탁에 앉아 와인을 나눠 마시면서 앞으로 다가올 행복을 꿈꾸며 웃음꽃을 피웠다.

아내와 출근하며 두런두런 이야기를 나누고, 함께 퇴근해 마트에 들러 장을 보러 가거나 외식하는 일상은 평화롭고 편안했다. 부서는 달라도 같은 직장에서 일하다 보니 공감하는 이야깃거리가 많았다. 휴일에는 함께 단지 내 피트니스 센터에서 운동하며 땀을 빼거나 산책로를 걸었다. 휴가철에는 부담 없이 해외여행도 다녔다. '영끌'로 다소 무리하게 집을 마련한 다른 신혼부부처럼 주택담보대출 원리금을 상환할 일이 없고, 아직 아이도 없다 보니 통장에 돈이 모였다. 이쯤 되니 나름대로 이상적인 신혼 생활을 하는 게 아닌가 하는 자부심이 들 정도였다. 앞으로도 이런 신혼 생활이 쭉 이어질 줄 알았다.

결혼 2주년을 앞둔 시점부터 평화롭고 편안했던 일상이 흔들리기 시작했다. 전세 계약 만료를 석 달쯤 앞둔 어느 날 저녁, 아내와 산책로를 걷던 나는 집주인의 연락을 받았다.

"재계약, 하실 거죠?"

집주인의 물음에 머릿속이 복잡해졌다. 그 무렵 나는 좀처럼 회사에서 일에 집중하지 못했다. 동기 A 때문이었다. 점심 식사 후 회사의 같은 부서 직원들과 커피를 마실 때마다 주된 화제는 부동산이었다. 특히 나와 비슷한 시기에 결혼해 '영끌'로 집을 마련한 A는 부러움의 대상이었다.

A의 신혼집은 청계천이 내려다보이는 황학동의 대단지 주상복합 아파트로 방 두 개에 화장실 한 개가 딸린 전용면적 59제곱미터의 집이었다. 당시 그 집의 시세는 5억 원 후반대로 내 신혼집과 비슷했는데, A는 무려 집값의 70퍼센트에 달하는 주택담보대출을 만기 30년으로 받아 그 집을 샀다. 당시 나는 A의 선택이 무모하다고 여겼다. A가 매달 상환해야 할 주택담보대출 원리금은 약 160만 원으로 월급의 절반에 해당했다. 또한 A의 신혼집은 지어진 지 10년이 넘은 구축인 데다 주상복합이라 서비스 면적이 작아 공급 면적보다

좁아 보였다. A는 가끔 내게 하소연했다.

"말이 자가지, 이건 뭐 은행이 상전이야. 요즘 내가 주머니에 쓸 돈이 하나도 없어요."

"그래도 마음 편하게 자기 집에 사는 네 처지가 나보다 백배 낫지. 어디서 배부른 소리냐?"

A의 목소리가 높아졌다.

"남의 일이라고 쉽게 말하지 마. 빛 좋은 개살구에 하루하루가 가시밭길이야. 당장 내일 무슨 일이 벌어질지도 모르는데, 30년 동안 월급의 반을 저당 잡힌 삶이라…… 끔찍하지 않냐? 온몸에 소름이 돋는다고!"

A는 신혼집을 자가로 마련하자고 고집을 피웠다는 아내를 원망했다. 나는 그런 A를 위로하면서도 제 팔자 제가 꼰다며 속으로 비웃었다. 집을 사려는 나를 제지했던 아내가 A의 아내보다 현명했다는 생각은 덤이었다.

그로부터 불과 2년도 지나지 않아 상황이 급반전했다. 지난 몇 년 동안 저금리로 은행에서 돈을 빌리기 쉬운 시절이 이어졌다. 부동산 시장에 돈이 몰렸고, 서울 지역을 중심으로 부동산 시세가 급등했다. 정부는 투기를 억제하겠다며 재건축·재개발 규제를 강화했고 이는 예상치 못한 부작용을 불러왔다. 수요가 많은 서울 지역의 주택 공급 불확실성이 커지자, 수도권 지역의 부동산 시세까지 급등한 것이다. 정부는 이번엔 부동산 시장을 안정시키겠다면서 주택담보대출의 한도와 조건에 제한을 걸었다. 정부의 입김이 세질수록 실수요자들은 "집값이 가장 싼 날은 바로 오늘"이라며 불나방처럼 부동산 시장에 달려들었다. 강남을 비롯한 서울 핵심지의 아파트 단지 실거래가가 일제히 신고가를 기록했다는 뉴스가 연일 쏟아졌다.

시장이 과열되든 말든 신경 쓰지 않으려고 노력했다. 부동산 시장이 상승과 하락을 반복하면서 장기적으로 우상향해왔다는 사실은 인정한다. 그 덕분에 부모님도 반지하 빌라를 지금의 아파트로 불렸으니까. 하지만 지금 이런 상황이 과연 정의로운지는 의문이었다. A의 신혼집과 같은 아파트 단지에 있는 동일 공급 면적 물건의 실거래가가 2년도 안 돼 두 배 가까운 10억 원에 육박한다는 게 말이 되는 일인가. 무모하기 짝이 없어 보였던 A의 '영끌'은 이제 선견지명이 있는 투자라는 찬사를 들었다.

앉아서 내 10년치 연봉을 벌어들이는, 근로소득을 우습게 만드는 지금의 세상이 과연 올바른가. 그럴 때면 세상은 정반합의 원리로 돌아간다는 말을 속으로 되뇌며 쓰린 마음을 달랬다. 시간은 걸리겠지만, 균형은 언젠간 맞춰진다면서. 그게 정의라고. 하지만 아무리 마음을 다잡으려고 해도 A의 활짝 핀 얼굴을 떠올리면 속에서 천불이 났다. 더불어 결혼 전 집을 사자는 내 의견에 반대했던 아내를 향한 불만도 마음 한편에 켜켜이 쌓였다.

내 속이 타들어가거나 말거나 현실은 A를 신경 쓸 때가 아니었다. 2년 사이 신혼집과 같은 아파트 단지에 있는 동일 공급 면적 물건의 실거래가도 10억 원을 넘겼다. 기존 신혼집 전세 보증금으로는 비슷한 조건을 가진 물건을 구하기 어려운 상황이었다. 다행스럽게도 임대차 3법* 덕분에 계약 종료 전 갱신청구권을 행사해 계약을 2년 더 연장할 수 있었다. 전세금 인상 한도 역시 5퍼센트 이내여서 감당하기 어렵진 않았다.

문제는 2년 후였다. 그때도 만약 부동산 시장 상황이 지금과 비슷하다면 어떨까. 주변 전세 시세에 맞춰 전세금을 올려줘야 할 텐데, 그 돈을 감당할 수 있을

---

* 2020년 7월 31일 시행된 주택임대차보호법 개정안과 부동산거래신고법 개정안이 기반이다. 계약갱신청구권제, 전월세상한제, 전월세신고제를 핵심으로 한다.

까. 상상만 해도 아찔했다. 아내의 뒤바뀐 태도도 타들어가는 내 속에 기름을 부었다. 아내는 A를 언급하며 내게 슬쩍 운을 띄웠다.

"우리도 '영끌'해서 집 살까?"

2년 전 집을 사자는 내 의견을 무시했던 아내의 태도가 떠올라 화가 치밀어 올랐다. 나는 아내를 외면하며 화를 억눌렀다. 아내의 목소리가 조심스러워졌다.

"요즘 돌아가는 사정 보니까, 지금이라도 집을 사지 않으면 앞으로 영영 못 살 거 같아서 불안해."

나는 나지막하게 아내에게 물었다.

"2년 전에는 왜 내 말을 귓등으로 들었어?"

아내의 목소리가 살짝 높아졌다.

"그때는 그때고, 지금은 지금이지! 이렇게 집값이 오를 거라고 누가 예상이나 했어? 자기도 그때 나와 같은 생각을 했으니까 고집을 꺾은 거잖아."

아내의 말에 반박할 수 없었다. 그렇다고 지금 '영끌' 해 집을 산다? 위험한 선택 같았다. 유튜브에서 활동하는 부동산 전문가 상당수는 현재 상황을 '패닉 바잉'*

---

* Panic Buying. 가격 인상이나 공급 부족에 따른 두려움을 느끼고 무리해서 과도하게 물건을 사는 현상을 말한다.

으로 정의하며 곧 집값이 내려갈 것이라고 전망했다. 나도 그들의 의견에 동의했다. 지금 부동산 시장은 상식으로 이해할 수 없는 과열 상태였으니까. 나는 아내에게 거칠게 의견을 정리해 전했다.

"전문가 말을 들어보니까 지금이 고점이래. 자기가 봐도 지금 상황은 말이 안 되잖아, 그치? 어떻게 이 집이 2년 만에 두 배가 올라, 안 그래? 지금 불안감에 못 이겨 '영끌'해 집을 샀다고 치자. 2년 후에 집값이 두 배 더 오르면 고생스럽지만 남는 장사겠지. 그런데 그럴 거라는 보장이 없잖아. 올라도 너무 오른 상황이야. 만약 집값이 내려가면 원금은 날리고 대출만 고스란히 남겠지? 지금 집 사는 건 아무리 생각해봐도 도박이야."

곰곰이 생각하던 아내가 말없이 고개를 끄덕였다.

"일단 여기서 2년 더 버티며 상황을 보자. 아무리 생각해봐도 그게 최선이야. 더 좋은 의견 있으면 말해줘."

아내는 깊은 한숨을 내쉬었다. 나는 그 자리에서 집주인에게 전화를 걸어 재계약 의사를 밝힌 뒤, 신속하게 집주인이 요구한 전세 보증금 인상액 1,200만 원을 송금했다. 아내가 내 옆에 다가와 앉았다.

"2년 후에는, 죽이 되든 밥이 되든 꼭 집을 사서 나가자."

나는 아내의 어깨를 감싸며 다짐했다.

"그러자……. 다 잘되겠지. 너무 걱정하지 마."

세월이 흘러가는 속도는 무섭도록 빨랐다. 지독하게 더웠던 여름과 끔찍하게 추웠던 겨울을 두 번 경험하고 나니 전세 재계약 만기 일자가 코앞이었다. 그사이에 아내와 나는 씀씀이를 철저하게 줄여 차근차근 저축액을 늘렸다. 휴가 때 해외여행을 가기는커녕 에어컨과 보일러 가동 시간까지 확인하며. 가능한 한 안 쓰고 안 먹으며 2년을 버틴 결과, 1억 원이 넘는 현금을 더 확보할 수 있었다. 문제는 기대했던 부동산 시장의 안정화가 생각만큼 이뤄지지 않았다는 점이었다.

전세 재계약 후 얼마 지나지 않아 새로 들어선 정부는 주택담보대출 및 가계 대출 전반에 규제를 강화했다. 그러자 대출받아 부동산을 매수하는 수요가 줄어들었고, 매매 가격 또한 자연스럽게 내림세로 돌아섰다. 하지만 내림세의 양상은 지역에 따라 달랐다. 지방은 물론 일부 수도권 지역에서도 고점 대비 반값 수준으로 실거래가가 폭락한 아파트가 등장한 반면 서울 부동산 시장의 내림세는 상대적으로 완만했고, 강남 등 일부 지역은 오히려 소폭 오르는 모습을 보여주기도 했다. 심지어 재계약 만기를 몇 달 남기지 않은 시점부터는 강남 포함 서울 전 지역 부동산 시세가 다시 가파른 오름세를 탔다. 그 과정에서 내 신혼집과 같은 아파트 단지에 있는 동일 공급 면적 물건의 실거래가도 전 고점의 턱밑 수준까지 회복했다.

집주인은 내게 전세 보증금을 1억 5천만 원 올리겠다고 통보했다. 현금을 2년 전보다 1억 원 넘게 더 확보하고도 대출 없이 전세 보증금을 감당할 수 없는 처지에 기가 막혔다. 집주인에게 돌려받을 전세 보증금에 그간 모은 현금을 더해도 신혼집과 비슷한 수준의 주거 환경을 가진 아파트 단지를 찾긴 불가능했다. 가능한 선택지는 서울 내 변두리의 구축, 아니면 수도권의 신축이었다. 지금 수준으로 서울 안에서 직주근접성을 유지하려면 아파트를 포기하고 빌라를 선택하는 수밖에 없었다. 직장과 가까운 아파트 매물은 신혼집보다 훨씬 좁아서 지금의 살림살이를 감당하기 어려웠기 때문이다. 익숙하고 따뜻했던 서울이 냉정한 모습으로 돌변해 나를 밀어내는 것 같아 참담했다. 직장인 익명 커뮤니티 앱의 자유게시판에 이런 상황과 답답한 심정을 토로했더니 댓글이 많이 달렸다. 그 중 맨 위에 달린 댓글 하나가 내 속을 뒤집어놓았다.

분수에 맞지 않는 삶을 살면 이렇게 탈이 나기 마련입니다. 그 집에 4년이나 살다 보니 집주인이라도 된 듯 착각하셨나 봅니다. 그 집은 당신 집이 아니고요, 당신의 경제력으로는 매수할 수 없는 곳입니다. 현실을 직시하세요. 서울이 님을 밀어내는 게 아니라, 님이 서울에 머물 자격이 없는 겁니다.

나는 부아가 치밀어 올라 그 댓글에 답글로 '영끌'해 산 신혼집 시세가 크게 오른 A를 들먹이며 따져 물었다. A가 분수에 맞아서 그런 집을 샀겠냐고. 누구는 운때가 맞아 집으로 돈을 벌고, 누구는 집을 구하지 못해 전전긍긍하는 게 정의로운 세상이냐고. 분수에 맞는 삶이 도대체 뭐냐고. 내 분수는 내가 결정한다고. 그러자 내 댓글에 또 다른 답글이 달렸다.

님이 과거로 돌아가면 동기와 같은 선택을 했을까요? 님의 동기는 위험 부담을 안고 투자에 베팅해 성공했으니 그걸 누릴 자격이 있습니다. 그때 이미 님의 분수는 결정된 겁니다. 4년 동안 분수에 맞지 않는 삶을 즐겼으니 이제 대가를 치르셔야죠. 그게 정의로운 세상 아닌가요? 제 말이 불편한가요? 불편하면 자리를 고쳐 앉으세요. 세상이 다르게 보일 테니까.

욕이나 반말 하나 없는데도 분노를 불러일으키는

댓글이었다. 그런데도 반박할 말이 딱히 떠오르지 않았다. 두 손으로 얼굴을 문지르며 화를 삭였다. 이유야 어찌 됐든 A는 모험에 성공했다. 인제 와서 정의로우니 마니 떠들어봐야 '열폭'으로만 보일 뿐이다. 온라인상에서 입씨름을 한대도 현실은 바뀌지 않는다. 주어진 조건 안에서 최선의 결과를 낼 수 있는 선택을 찾는 게 우선이었다.

아내와 내가 포기할 수 없는 조건은 직주근접성이었다. 인천국제공항철도를 따라 조성된 아파트 단지에 눈이 갔다. 신축과 구축 사이의 어딘가에 놓인 연식의 '국평' 매매가가 신혼집의 반값도 되지 않았다. 돌려받을 전세금에 주택담보대출을 더하면 충분히 살 수 있는 물건이 다수였다. 공항철도를 이용해 공덕역에서 5호선으로 갈아타면 직장이 있는 광화문역까지 40분 정도면 충분했다. 신축 아파트에 고정된 눈높이를 내려놓고, 서울에서 밀려나야 한다는 심리적 저항감만 극복하면, 나쁘지 않은 선택으로 보였다. 아내는 일단 직접 가서 물건을 보고 결정하겠다면서도 불만을 숨기지 못했다.

나는 아내와 공항철도를 따라 조성된 인천 지역 역세권 매물을 살피다가 검암역 주변에서 적당한 물건을 발견했다. 지어진 지 20년이 조금 안 된 구축 아파트 단지였지만, 과장을 보태면 역이 코앞인 그야말로 초역세권이었다. 역 바로 뒤에는 서해와 한강을 연결하는 아라뱃길이 조성돼 있어 자전거를 타거나 산책하기에도 좋았다. 자전거 타기를 즐기는 아내는 아라뱃길을 따라 달리는 라이더들을 보고는 표정이 밝아졌다. 다만 연식이 있는 단지이다 보니 입주 전에 리모델링 수준으로 큰돈을 들여 손을 봐야 할 물건이 대부분이어서 선뜻 결정을 내리기는 어려웠다. 공인중개사가 그런 내 마음을 읽었는지 다른 물건을 제안했다.

"신축 빌라는 어떠세요? 여기보다 역에 더 가까운 물건이 있는데."

빌라라는 말에 아내의 표정이 일그러졌다. 중개사는 아내의 눈치를 보며 헛기침하더니 내게 작은 목소리로 말했다.

"요즘 빌라는 구조가 아파트처럼 잘 빠지고 주차장도 부족하지 않아서 신축 아파트 부럽지 않습니다. 마침 신축 복층 빌라 물건이 있는데, 구경해보실래요?"

복층이라는 말에 귀가 솔깃했다. 며칠 전 연예인들이 발품을 팔아 의뢰인이 살 집을 찾아주는 예능 프로그램에서 복층 빌라를 소개하는 모습을 봤던 기억이 났기 때문이다. 널찍한 테라스에서 즐기는 커피 한잔, 단독으로 쓸 수 있는 옥상에서 즐기는 바비큐 파티, 막힘없이 탁 트인 전망……. 한번쯤 살아보고 싶은 집이었다. 아내가 내 옆구리를 찌르며 고개를 저었다. 나는 아내에게 며칠 전 일을 상기시켰다.

"얼마 전 윗집에 애들 있는 가족이 새로 이사 온 다음부터 층간 소음 때문에 스트레스받고 있잖아? 화장실에선 아침마다 옆집 아저씨가 가래를 뱉는 소리까지 들려서 역겹다며?"

신축 아파트도 층간 소음에서 자유롭지 못했다. 주상복합을 제외한 아파트 단지 대부분이 층간 소음에 취약한 판상형* 구조인 데다, 윗집에 어떤 이웃이 들어올진 운에 맡길 수밖에 없었다. 층간 소음에 그리 민감하지 않은 편이었던 나도 한번 귀가 트이고 나니 은근히 스트레스를 받았다. 아내의 눈치를 보던 중개사도 내 말에 맞장구를 쳤다.

"아이구, 사모님! 복층 빌라면 층간 소음은 물론 측

---

* 방과 거실이 옆으로 나열된 형태. 두께는 동일하고 옆으로 폭만 길어지는 형태로 설계와 시공이 복잡하지 않아 상대적으로 건축비가 저렴하고 빠르게 지을 수 있다.

간 소음도 없어서 얼마나 좋은데요. 내 집 위에 아무도 없으니까 단독주택 사는 기분이라니까요? 단독주택처럼 프라이버시가 보장되는데, 관리는 아파트만큼 쉬우니 이만한 집이 없다니까. 지금 가는 데야말로 초! 초! 초역세권이에요."

아내는 떨떠름해했지만, 일단 물건이나 보자며 못 이긴 척 발걸음을 돌렸다. 중개사는 부리나케 앞장서 나와 아내를 바깥으로 인도했다. 나와 아내의 발걸음도 덩달아 바빠졌다.

중개사가 소개한 복층 빌라 건물은 조금 전에 본 아파트보다 훨씬 역과 가까웠다. '초! 초! 초역세권'이라던 중개사의 말은 과장 없는 사실이었다. 다만 건물이 역뿐만 아니라 대로변과도 가까워 외부 소음이 걱정됐다. 오가는 차량이 꽤 많았다. 이번에도 중개사는 내 마음을 읽었는지 먼저 말을 꺼냈다.

"새시를 고급으로 시공해서 창문을 닫으면 정말 조용해요. 들어가서 보시면 알아요."

보안 카드로 공동 현관문을 연 중개사는 엘리베이터의 열림 버튼을 누르고 나와 아내를 안으로 들였다. 빌라에 설치된 엘리베이터치고 꽤 넓었다. 중개사는 4층 버튼을 누른 뒤 지하 1층 버튼을 가리켰다.

"여기 주차장이 기가 막혀요. 다른 빌라처럼 필로티*가 아니라 지하에 주차장이 있다니까요? 아파트처럼 주차장에서 바로 엘리베이터를 타고 집으로 올라갈 수 있어요. 이중 주차를 하지 않아도 되니까 새벽이나 밤에 차를 빼줘야 할 일도 없고요."

401호. 엘리베이터에서 내려 왼쪽으로 고개를 돌리자 현관문에 박힌 호수가 보였다. 한 층에 여러 가구의 현관문이 보이는 보통의 빌라와 달리, 현관문이 하나뿐이라는 점이 눈에 띄었다. 나는 중개사에게 물었다.

"꼭대기 층은 단독 세대인가요?"

중개사는 현관문의 도어록 버튼을 누르며 씩 웃었다.

"아까 말씀드렸지 않습니까? 이 집은 단독주택이나 다름없다고."

현관문을 열고 들어서자마자 내 입에서 바로 감탄사가 터져 나왔다. 신축 아파트를 방불하는 깔끔하면서도 고급스러운 재질의 인테리어, 천장에 달린 시스

---

* 주택, 아파트, 빌딩 등의 건축물에서 기둥과 천장이 있고 벽이 없는 공간을 말한다. 통상 건물 1층에 있고, 주로 로비 또는 주차장 역할을 한다.

템 에어컨과 실링 팬, 거실 창밖으로 보이는 막힘없는 풍경, 그리고 복층 세대의 상징인 나무 계단. 아내 역시 꽤 놀란 듯했다. 중개사가 입술에 손가락을 대며 조용히 속삭였다.

"들어보세요. 정말 조용하죠?"

중개사의 말대로 새시 시공에 공을 많이 들였는지 집 내부는 외부 소음 없이 고요했다. 이어서 중개사는 주방, 안방, 작은방을 차례로 소개하고 복층을 향해 난 나무 계단에 올라 중문을 가리켰다.

"이렇게 중문까지 설치된 복층 빌라는 거의 없어요. 이게 있어야 냉난방비가 적게 들어요."

복층에 올라온 나는 입을 다물지 못했다. 거실만큼 넓은 다락방, 다락방 바깥으로 보이는 널찍한 테라스. 인조 잔디가 바닥에 깔린 테라스에는 원형 테이블과 파라솔이 설치돼 있어 마치 교외의 한적한 카페 같은 풍경을 연출했다. 중개사가 미닫이문을 열어 나와 아내를 테라스로 이끌었다. 외부 소음이 상당했지만, 테라스 너머로 보이는 아라뱃길과 탁 트인 조망은 소음을 잊게 했다. 나는 이곳에 그릴을 설치하고 아내와 함께 바비큐 파티를 여는 상상을 잠깐 했다. 상상만으로도 짜릿했다. 아내가 중개사에게 매매가를 물었다. 중개사가 잠시 머뭇거리다가 입을 뗐다.

"아…… 제가 깜빡하고 말씀을 안 드렸네요. 여긴 전세로 나온 물건인데……."

예상치 못한 중개사의 대답에 짜증이 밀려왔지만, 집이 워낙 마음에 들어 대꾸할 말을 찾지 못했다. 중개사의 변명이 길어졌다.

"사실 여기 복층이 건축주가 직접 거주하려고 신경 써서 지은 건데, 사정이 있어서 들어오지 못하고 전세로 내놓게 됐어요. 사장님도 아시겠지만, 가장 믿을 수 있는 집은 건축주가 자기가 직접 살려고 지은 집이에요. 게다가 여기 전세가는 다른 물건보다 저렴한 편이고요."

아내가 중개사에게 따지듯이 물었다.

"그래서요? 그래서 얼마인데요?"

1억 5천만 원. 전세 보증금이 지금 사는 집보다 1억 원 넘게 쌌다. '인서울'이 아니란 점을 고려해도 무척 저렴했다. 중개사의 목소리에 힘이 실렸다.

"이 가격에 이만한 물건, 솔직히 찾기 어려울 겁니다. 아시죠?"

나는 중개사에게 아내와 조금 더 고민해보고 연락을 주겠다고 했다. 중개사는 사람 보는 눈은 다 똑같다며 빨리 결정해야 할 거라고 압박했다. 나는 아내와 의견을 나누려고 가까운 카페에 자리를 잡았다. 나와 아내는 집을 사지 않고 또 전세살이하는 게 옳은 건지 고민하면서도, 아까 본 복층 빌라가 마음에 든다는 데에는 의견을 같이했다. 아파트보다 환금성이 떨어져서 매수하기엔 부담스럽지만, 전세로 살기엔 괜찮아 보인다고. 서울과 달리 수도권 집값은 일부 지역을 제외하면 내림세이니, 급한 마음에 쫓기듯이 집을 사지 말고 2년만 복층 빌라에서 살아보는 것도 괜찮겠다는 결론에 이르렀다.

다만 아내는 전세 보증금이 저렴한 이유가 권리관계에 문제가 있기 때문이 아니냐고 의문을 제기했다. 중개사도 아파트를 팔아야 더 많은 중개료를 받을 텐데, 굳이 더 싼 복층 빌라 매물을 소개하는 이유를 모르겠다는 우려와 함께. 나는 아내에게 권리관계는 등기부등본을 꼼꼼하게 확인하면 될 일이고, 신혼집처럼 전세보증보험에 가입하면 보증금을 떼일 걱정은 안 해도 된다고 안심시켰다. 그리고 한마디를 더 보탰다.

"아까 그 집, 재미있을 것 같지 않아?"

나는 중개사에게 연락해 아내와 다시 사무실을 찾

았다. 먼저 복층 빌라의 등기부등본을 확인해봤다. 근저당권 설정 하나 없이 깨끗했다. 설사 집이 경매로 넘어가더라도 전세 보증금을 돌려받지 못하는 비상 상황이 벌어지진 않을 듯했다. 계약서상 집주인의 주민등록번호 앞자리를 보니 나보다 두 살 어렸고, 주소는 서울 강남에 있는 고급 아파트 단지였다. 집주인은 무슨 수로 얼마나 큰돈을 벌었기에 이런 빌라 건물을 지은 건축주가 되고 비싼 아파트에 사는 걸까. 나는 미묘한 열패감 속에서 계약서에 서명했다.

복층 빌라 살이, 처음에는 재미있었다. 휴일 아침에 복층 테라스로 나와 아라뱃길이 흐르는 모습과 푸른 하늘을 바라보며 커피를 마시고, 저녁에 시원한 바람을 맞으며 고기를 구워 먹다 보면, 이게 바로 사람 사는 거 아닌가 싶었다. 고층 건물 틈새로 겨우 보이는 한강을 한강 뷰라고 우기는 값비싼 아파트를 생각하니 우스웠다. 서울역까지 시원하게 달리는 공항철도 덕에 수도권 거주자들이 출퇴근 때 으레 겪는 교통 체증은 남 이야기였다. 출퇴근에 걸리는 시간 역시 신혼집에서 살 때와 비교해 큰 차이가 없었다. 주변 상권이 대단치는 않았지만, 있어야 할 건 다 있어서 불편하진 않았다. 아라뱃길을 따라 이어지는 자전거 길도 좋았다. 아내와 함께 서쪽으로 자전거를 몰아서 정서진에 도착했을 때 눈앞에 펼쳐진 드넓은 갯벌과 바다……. 감동이었다. 그때부터 자전거에 취미를 붙인 나는 동쪽으로 자전거를 돌려 페달을 밟는 거리를 늘렸다. 여름휴가 땐 며칠 따로 날을 잡아 국토 종주를 시도해 자전거로 부산까지 닿는 경험도 했다.

세상일이 대개 그렇듯이 재미는 얼마 지나지 않아 시들시들해졌다. 언젠가부터 위층에 잘 올라가지 않게 됐다. 고작 한 층 올라가는 일인데도 귀찮고 버겁게 느껴졌다. 테라스에서 아라뱃길 풍경을 바라보며 커피를 마시는 감흥도 예전 같지 않았다. 바비큐 파티는 끝내고 치우는 일이 번거로워 몇 번 하다가 말았다. 위층에 따로 화장실이 없다는 점도 불편했다. 그러다 보니 다락방은 점점 쓰지 않는 물건을 쌓아두는 창고로 변했다. 냉난방비 절약을 위해 중문을 닫아둔 뒤로는 위층을 오가는 일이 더 줄어들었다. 취미를 붙였던 자전거 타기도 빌라 건물 앞에 잠시 세워둔 자전거를 도둑맞고 나서 그만두게 되었다. 나와 아내는 복층 빌라를 선불리 매수하지 않았다는 데 안도하며 전세 계약이 끝나면 죽이 되든 밥이 되든 아파트를 매수하자고 의견을 모았다.

 전세 계약 만료를 석 달쯤 남겨뒀을 무렵, 별일 없이 흘러가던 일상에 지각변동이 일어났다. 휴대전화에 저장돼 있지 않은 번호로 누군가가 내게 전화를 걸어왔다. 집주인이었다. 복층 빌라에서 사는 동안 딱히 집에 하자가 없었기 때문에 집주인과 직접 통화한 건 그때가 처음이었다. 그는 보증금을 돌려줄 형편이 안 된다며 복층 빌라를 경매에 넘겨 보증금을 찾아가라고 통보한 뒤 전화를 끊었다. 그에게 다시 전화를 걸어봤지만 받지 않았다. 중개사에게도 전화를 걸어봤는데 없는 번호라는 안내만 되돌아왔다.

 등골이 서늘해진 나는 다급하게 전세 계약을 했던 중개 사무실을 찾았다. 문이 닫혀 있었고, 문을 두드려도 아무도 나오지 않았다. 바로 옆 중개 사무실에서 일흔은 넘어 보이는 노인이 문을 열고 나와 바깥을 살폈다. 그의 눈과 내 눈이 마주쳤다. 그가 심드렁하게 물었다.

 "거기 문 닫은 지 꽤 됐는데······. 무슨 일로 오셨어요?"

 나는 노인에게 중개사의 행방을 물으며 자초지종을 풀어놓았다. 그의 대답은 충격적이었다. 그에 따르면 집주인은 이 동네에 수십 채의 빌라를 보유하고 있는데, 중개사에게 웃돈의 수수료를 줘가며 세입자 확보에 열을 올렸다고 한다. 중개사가 굳이 아파트 매매 매물이 아닌 복층 빌라 전세 매물을 소개한 이유를 이제야 알 수 있었다. 지금 나 말고도 비슷한 처지에 놓인 세입자가 한둘이 아니라는 그의 말에 정신이 멍해졌다.

전세보증보험에 가입돼 있으니 다행이라고 생각했는데, 며칠 뒤 상황은 더욱 절망적으로 바뀌었다. 주택도시보증공사가 나를 비롯해 빌라 건물의 모든 세입자에게 집주인이 보험 가입 당시 허위 서류를 제출한 사실이 뒤늦게 확인됐다며 전세보증보험 해지 통보를 했다. 집주인은 연락이 닿지 않았다. 나는 공사 측에 계약서만 제대로 확인했어도 이런 일이 벌어지지 않았을 거라고 항의했지만 묵묵부답이었다.

등기부등본이 깨끗하고 선순위 권리자가 없으니 경매가 진행되면 쉽게 보증금을 돌려받을 줄 알았다. 복층 빌라의 감정평가액은 1억 6천만 원으로 나왔다. 평가액이 예상보다 훨씬 낮았지만, 보증금보다는 높아서 낙찰되기만 하면 보증금 문제가 해결될 줄 알았는데 오산이었다. 유찰이 계속된 것이다. 무려 열세 차례나 유찰된 끝에 최저 매각 가격은 316만 원으로 떨어졌다. 기가 막혔다. 그때야 비로소 낙찰자가 나타났다. 낙찰자는 이름 모를 법인이었다.

내가 받을 수 있는 금액은 316만 원에서 세금 등을 제외한 190만 원에 불과했다. 보증금에서 이를 제외한 금액 1억 4,810만 원은 낙찰자에게서 받아야 했다. 일단 낙찰이 이뤄졌고 대항력*을 갖추고 있으니 보증금을 어렵지 않게 되찾을 줄 알았다. 그게 법이니까. 그러나 낙찰자는 내게 어떤 연락도 하지 않았다. 보증금을 해결하고 나를 내보내야 집을 넘겨받을 수 있을 텐데…… 이해할 수 없었다. 결국 내가 먼저 복층 빌라를 낙찰받은 법인 대표에게 연락을 했다. 연락을 받은 법인 대표의 대답은 황당했다.

"저희는 드릴 돈이 없습니다."

나는 어처구니가 없어 법인 대표에게 낙찰자는 대항력을 갖춘 세입자에게 보증금을 돌려줘야 할 의무가 있다고 강조했다. 그런데도 법인 대표는 더 황당한 대

---

* 임차인이 제3자, 즉 임차 주택의 양수인, 임대할 권리를 승계한 사람, 그 밖에 임차 주택에 관해 이해관계를 가지고 있는 사람에게 임대차의 내용을 주장할 수 있는 법률상의 힘.

답을 했다.

"그냥 거기서 평생 사셔도 됩니다. 이사 가라고 안 할게요."

"말이 됩니까? 어떻게 이런 집에서 평생 살라는 말입니까?"

"그러면 이사 가시든지요. 그런데 저희는 드릴 돈이 없다니까요?"

나는 입에서 터져 나오려는 쌍욕을 겨우 참고 법인 대표에게 따져 물었다.

"지금 이러시는 거, 사기 아닙니까?"

법인 대표의 목소리가 차분해졌다.

"사기라뇨? 큰일 날 소리 하시네요. 물론 그 집은 이제 경매에서 낙찰받은 우리 법인 소유이긴 하죠. 그런데 돌려드릴 돈이 없는 걸 어떻게 합니까?"

"돈이 없는데도 경매에 참여하는 게 말이 됩니까?"

"그래서 말씀드렸죠? 이사 가라고 안 할 테니, 그냥 그 집에 계속 사셔도 된다고요."

"전세금반환소송을 하겠습니다."

"뭐 소송을 하는 건 상관없는데, 우리 법인은 빚밖에 없어서 그쪽이 승소해도 받을 수 있는 돈이 한 푼도 없을 텐데요."

그제야 나는 새로운 집주인의 의도를 짐작할 수 있었다. 나는 아쉬울 게 없으니 답답하면 네가 나가라는 의도로구나. 설사 내가 버틴다고 해도 날리는 돈은 고작 316만 원뿐이니……. 속에서 분노를 넘어 살의가 일었다.

"당신, 이러시면, 천벌 받습니다."

법인 대표의 목소리에 비웃음이 실렸다.

"법이 그런 걸 어떡합니까. 저희가 나중에 보증금을 돌려드릴 수 있도록 집값이 오를 때까지 기다리시든지, 아니면 또 경매가 진행될 때까지 기다리세요. 아! 참고로 우리 법인이 체납한 세금이 10억 넘어요. 세금이 보증금보다 무조건 배당 선순위라는 사실, 아시죠? 잘못하면 다 날리십니다."

법인 대표는 본인에게 빚을 진 지인 소유 빌라로 이사할 수 있게 편의를 봐주겠다고 제안했다. 일단 어떤 빌라인지 말이나 들어보기로 했다. 전용면적 45제곱미터, 방 두 개에 욕실 한 개, 보증금은 5천만 원. 복층 빌라의 절반 크기도 되지 않는 집이었다. 어이가 없었다. 한술 더 떠 그는 돈은 따로 받지 않고 전세 계약서를 써주겠다고 선심을 쓰듯 거들먹거렸다. 복층 빌라 전세 보증금 1억 5천만 원 중 1억 원을 꿀꺽하겠다는 말과 다름없었다. 그의 제안을 울며 겨자 먹기식으로 받아들여 이사한다고 해도, 계약서에 써주겠다는 보증금 5천만 원을 제대로 돌려받을 수 있을지도 의문이었다. 나는 결국 참지 못하고 욕을 쏟아냈다.

"야! 이 개새끼야! 네가 사람 새끼냐! 네가 사람이야!"

다른 집으로 급히 이사할 정도의 돈은 있었다. 하지만 이렇게 집을 비운다면 평생 화병을 달고 살 것 같아 일단 버티며 대책을 마련해보기로 했다. 나와 아내는 매일 서로를 헐뜯으며 싸웠다. 나는 결혼할 때 집을 사자는 내 의견에 반대한 아내를 책망했고, 아내는 늦게라도 집을 사겠다고 달려들었다가 복층 빌라 전세에 혹한 나를 몰아세웠다. 집안 돌아가는 꼴이 엉망진창이니 업무가 손에 잡힐 리 없었고 잔 실수도 늘었다. 둘 다 회사에서 좋은 소리를 못 듣는 날이 많아졌다. 퇴근 후 나와 말다툼을 벌이다 지친 아내가 소파에 앉아 멍하니 천장을 올려다보며 힘없이 말했다.

"대출이 부담돼서 빚 없이 살자고 전세를 선택한 게 죄는 아니잖아……. 전세보증보험이 파기된 게 우리 죄는 아니잖아……. 새로 집주인이 된 양아치한테 받아야 할 보증금을 못 받는 것도 우리 죄가 아니잖아……."

아내가 소파에서 벌떡 일어나 안고 있던 쿠션을 바닥에 던지며 울부짖었다.

"그런데 왜 우리가 이런 험한 꼴을 당해야 해! 왜 이런 지옥 속에 살아야 해!"

식탁에 앉아 있던 나는 머리를 감싼 채 아내를 외면했다. 아내가 마치 일인극을 하듯 과장된 목소리로 혼잣말을 이어갔다.

"우리가 지금까지 너무 겁을 먹고 순진하게 살았나 봐. 그러니까 세상이 우리를 만만하게 보고 자꾸만 바깥으로 밀어내지. 안 그래?"

아내가 내 뒤로 다가와 두 손으로 어깨를 붙들고 힘줘 말했다.

"독해지자! 밀려나지 않으려면 밀어내야 해!"

그날 이후, 아내의 태도가 눈에 띄게 달라졌다. 방구석에 먼지 한 톨 내려앉는 꼴을 못 볼 정도로 깔끔을 떨던 사람이 청소에 완전히 손을 놓았다. 함께 식사하다가 벽에 김치 국물이 튀었는데 닦기는커녕 오히려 김치 국물을 더 튀게 해 벽지를 엉망으로 만들었다. 심지어 쓰레기봉투를 바깥이 아니라 다락방과 테라스에

쌓아두고 방치해 악취를 유발했다. 불안해진 나는 그런 아내를 붙잡고 도대체 왜 이러느냐고 화를 내며 물었다. 그러자 아내는 흐린 눈빛으로 나를 바라보면서 희미하게 웃었다.

"어차피 우리 집도 아니잖아? 이 집을 못 쓰게 만들 거야. 천천히. 확실하게."

나는 시간이 되는 대로 같은 빌라 세입자들과 함께 주택도시보증공사 앞에서 전세보증보험 해지 통보는 부당하다고 시위를 벌였다. 공사 측은 여전히 답이 없었다. 언론이 최근 들어 급증한 전세사기 사건에 관심을 보이기 시작했는데, 주로 누군가가 비참하게 죽어 나간 사건들이었다. 아직 아무도 죽지 않은 곳엔 관심을 기울이지 않았다. 아내는 밤늦게까지 자기 방에서 노트북 화면만 들여다봤다. 주말에는 밤을 새우기도 했다. 아내는 노트북으로 부동산 관련 정보를 찾아보는 듯했다. 가끔 아내는 연차나 반차를 내고 혼자 어딘가를 다녀오기도 했다. 나는 그런 아내를 그냥 내버려뒀다. 아내를 굳이 자극하고 싶지 않았고, 나 역시 지쳐 있었으니까.

그러던 어느 날, 반차를 냈다가 저녁에 귀가한 아내가 갑자기 환하게 웃으며 나를 끌어안았다. 아내의 돌발 행동에 놀란 나는 말을 더듬거렸다.

"왜, 왜 그래?"

아내가 내 눈을 응시하며 흥분한 목소리로 외쳤다.

"우리도 이제 아파트 한 채가 생겼어!"

이건 또 무슨 뚱딴지같은 소리인가? 아내는 잔에 정수기 물을 가득 받아 벌컥벌컥 마신 뒤 손등으로 입을 닦았다. 나는 아내에게 불안한 목소리로 물었다.

"아파트 한 채가 생겼다니…… 도대체 무슨 소리야?"

알고 보니 아내가 밤마다 노트북으로 들여다보던 건 경매 관련 정보였다. 유찰이 거듭돼 매각 가격이 헐값으로 떨어진 아파트를 알아보고 있었고, 가끔 연차나 반차를 낸 이유도 지정된 매각 기일에 열리는 법원의 입찰 법정에 참석하기 위해서였다. 아내가 낙찰받은 아파트는 인천 미추홀구 소재 '나홀로 아파트'*로, 보증금이 얼마인지 알 수 없는 임차인이 점유 중이었다. 전용면적 49.97제곱미터, 방 세 개에 욕실 두 개. 감정평가액이 2억 3,700만 원인데, 열세 차례나 유찰

---

* 주택가나 아파트 단지 사이의 좁은 땅을 활용해 지은 1-2개 동, 100-150가구 규모 아파트. 가격이 상대적으로 저렴하나 환금성은 대단지보다 떨어진다.

돼 매각 가액이 328만 원까지 떨어진 물건이었다. 도대체 얼마나 큰 위험이 도사리고 있는 집이길래 그토록 많이 유찰된 걸까. 아내는 물건을 직접 보지도 않고 낙찰받았다고 고백했다. 눈앞이 하얘졌다. 내 목소리가 커졌다.

"상식적으로 생각해봐! 정상적인 물건이 그렇게 싸게 나오겠어? 거기에 사는 세입자는 어떻게 해결할 건데? 왜 이런 큰일을 나와 아무런 상의도 없이 벌인 거야! 왜!"

아내가 비릿한 미소를 지으며 내게 반문했다.

"우리는 상식이 있어서 이따위 집에서 버티고 있어? 새 집주인이라는 놈은 상식이 있어서 이따위 집을 낙찰받고 배짱을 부리는 거야?"

아내가 거실 커튼을 거칠게 걷으며 말했다.

"난 이제 겁나는 게 하나도 없어. 새 집주인도 하는 짓을 우리라고 못 할 이유가 있어? 법이 허락해준 일이라며? 세상은 그런 독한 놈들이 돈을 벌더라."

아내가 뒤돌아서서 내 눈을 바라봤다. 아내의 눈에서 광기가 엿보였다. 그런 아내의 모습이 섬뜩했다. 아내의 목소리는 그보다 더 섬뜩했다.

"이미 벌어진 일이야. 어쩔 건데? 우리도 이제 가만

히 앉아서 아쉬울 사람의 연락이나 기다려보자. 새 집 주인 놈이 그랬듯이."

 한 달, 두 달, 석 달……. 아무리 기다려도 아내가 낙찰받은 아파트의 세입자에게서 연락이 오지 않았다. 그러자 복층 빌라의 새 주인처럼 배짱 부릴 준비를 하고 있던 아내가 오히려 몸이 달았다. 아내는 낙찰받은 아파트의 상태를 확인하기 위해 나와 함께 움직였다. 아파트는 수인분당선 역세권에 있는 준신축이었고, 주변 상권도 꽤 잘 갖춰져 있었다. 그래서 더 불안했다. 입지를 보면 절대로 그런 매각 가격이 나올 수 없는 물건이었으니 말이다.
 아파트 공동 현관에 도착했다. 4, 0, 1. 아내가 낙찰받은 아파트의 호수를 로비폰에 입력하고 호출 버튼을 눌렀다. 공교롭게도 복층 빌라의 호수와 같았다. 아무런 반응이 없었다. 다시 호출 버튼을 눌러봤지만 소용없었다. 그때 마침 아파트 주민으로 보이는 누군가가 공동 현관 바깥으로 나왔다. 나와 아내는 그 틈을 타 아파트 안으로 들어가 엘리베이터를 타고 4층 버튼을 눌렀다. 나는 긴장해 마른침을 삼켰다. 아내가 내 모습을 보고 억지로 미소를 지어 보였다.

"우리 집에 가는 건데 왜 이렇게 긴장해? 우리가 무슨 도둑이야? 긴장 풀어."

엘리베이터에서 내려 왼쪽으로 고개를 돌리자 401호 현관문이 보였다. 복층 빌라 현관문의 모습이 그 위로 겹쳐졌다. 나는 심호흡을 한 차례 하고 초인종을 눌렀다. 아무런 응답이 없었다. 문을 여러 번 두드려도 마찬가지였다. 현관문에서 돌아서려는데 갑자기 문이 열리는 소리가 들렸다. 동시에 문틈에서 뭐라고 형용할 수 없는 악취와 함께 잔뜩 쉰 목소리가 새 나왔다.

"누구슈?"

목소리의 주인공은 겨우내 쓰고 남은 마른 장작처럼 바짝 말라버린 할머니였다. 나이가 적어도 여든은 넘어 보였다. 그 뒤로 산더미처럼 쌓인 온갖 쓰레기가 보였다. 얼마나 많은 쓰레기가 쌓여 있는지 한낮인데도 집 안이 어두컴컴했다. 경악해 할 말을 잃은 나를 대신해 아내가 할머니에게 또박또박 말했다.

"저희는요, 이 집을, 경매에서, 낙찰받은, 사람이에요."

할머니는 귀가 잘 들리지 않는지 아내에게 되물었.

"경매? 낙찰? 그게 뭔데?"

할머니의 뒤편에서 악취가 더 짙게 풍겼다. 나는 악

취를 참을 수 없어 뒤로 물러섰다. 아내는 미간을 찡그린 채 할머니 쪽으로 허리를 더 숙였다.

"저희가, 이 집의, 새로운, 주인이라고요."

할머니가 갑자기 표독한 얼굴로 아내의 머리를 잡아 흔들었다. 아내가 비명을 지르며 바닥에 쓰러졌다. 나는 아내와 할머니 사이를 가로막았다.

"이게 무슨 짓입니까!"

할머니는 씩씩거리며 나와 아내에게 호통을 쳤다.

"여긴 내 아들 집이여! 내 아들이 다시 돌아와서 살 집이란 말이여! 어딜 감히 잡것들이 와서 내 아들 집을 넘봐! 이 똥물에 튀겨 죽을 연놈들! 천벌을 받을 연놈들!"

자리에서 일어난 아내가 할머니보다 씩씩거리며 집 안으로 성큼성큼 발걸음을 옮겼다. 할머니는 부리나케 아내를 뒤쫓으며 소리쳤다.

"이 망할 년이 어디 함부로 내 아들 집에 들어와서 행패야! 썩 못 나가!"

아내는 쓰레기가 쌓인 거실 바닥에 주저앉았다.

"여긴 우리 집이라고요! 석 달 전부터 법적으로 우리 집이라고! 억울하면 법적으로 따져보자고요! 이 집이 누구 집인지!"

악취로 가득한 공간에 겹쳐 들리는 젊은 여자와 늙은 여자의 악다구니. 지옥이 존재한다면 그 안에서 들리는 울부짖음이 이런 소리일 듯싶었다. 나는 조용히 현관문을 닫았다. 내가 살고 있지만 내 것이 아닌 집, 내 집이지만 내가 살 수 없는 집. 과연 어떤 집이 조금 덜 지옥에 가까울까.

 도대체 어디서부터 잘못된 거지?

작가 노트

사다리는 무너졌다

　내가 고향인 대전을 제외하고 가장 오래 산 지역은 서울이다. 대학에 진학하려고 서울로 올라온 뒤에는 명절이 아니면 고향에 잘 들르지 않았다. 취직해 밥벌이하고 아내를 만나 결혼하는 등 인생의 여러 중요한 순간이 서울에서 벌어졌다. 이젠 고향에서 지낸 시간보다 서울에서 지낸 시간이 더 선명하고 길게 느껴진다. 그런데도 나는 서울에 살면서 늘 겉도는 기분을 느꼈다. 아마도 서울에서 내 집을 가져본 적이 단 한 번도 없기 때문이리라.

　어린 시절, 우리 가족은 자주 이사했다. 이사해도 단칸방이라는 현실은 변하지 않았다. 그저 단칸방의 위치만 바뀔 뿐이었다. 세간이 많지 않아 가까운 동네로 이사할 때는 리어카로 짐을 실어 날랐고, 먼 동네로 이사할 때는 1톤 트럭 한 대면 충분했다. 화장실은 대체로 집 바깥에 있었고 '푸세식'이었다. 똥이 넘치기 직전까지 차오른 변기 주변에는 쌀알을 닮은 구더기가 떼 지어 기어 다녔다. 유치원에 다니지 못하고 변변한 장난감이 없어 낮에는 가까운 아파트 단지 놀이터에 몰래 들어가서 혼자 놀다가 경비원에게 들켜 쫓겨나곤 했다. 달동네에 산다는 이유로 아랫동네 아이들이 심하게 따돌렸다. 그 녀석들이 던진 돌에 맞아 코가 부러진 일도 있었다. 주거 공간의 안정성과 삶의 질이 비례함을 어려서부터 몸으로 배웠다.

내가 열 살 때, 부모님이 첫 집을 마련했다. 방 두 개에 작은 거실과 주방이 있는 반지하 빌라였다. 방마다 퀴퀴한 곰팡내를 풍기던 집이었지만, 그 집이 내게 미친 영향은 대단했다. 내게 집은 단순한 주거 공간 이상의 의미였다. 이사하지 않아도 되는 집이 있다는 사실은 그 자체만으로도 든든함을 느끼게 했다. 늘 주눅 든 채 땅만 보고 다니던 내 허리가 서서히 펴졌다. 태도에 자신감이 붙자 성적도 올랐다. 한 동네에 오래 사니까 자연스럽게 같은 동네에 사는 또래들과 친해졌다. 한동안 따뜻하고 평화로운 시절이 이어졌다. 몇 년 뒤

IMF 외환위기의 여파로 집이 폭삭 망하기 전까지는 말이다.

    대학 입학 후 처음으로 자취를 시작했다. 나는 20대 내내 정부가 정한 1인 최저 주거 기준($14m^2$)에도 미치지 못하는 고시원을 전전하며 살았다. 창문 없는 방은 불을 끄면 암흑이어서 잠잘 때마다 관짝에 몸을 욱여넣은 듯한 기분이 들었다. 조금 더 비싼 창문 있는 방은 단열에 취약해 여름엔 지독하게 덥고 겨울엔 이가 갈리도록 추웠다. 어느 방이든 측간 소음이 심했다. 새벽 알람 소리, 전화 통화 소리, 싸우는 소리, 가난한 연인이 서로의 몸을 탐하는 소리……. 이 모든 소리가 얇은 벽을 사이에 두고 모두에게 공유됐다. 칼부림이 일어나 경찰이 출동하는 모습도 봤다. 자살 사건도 있었다. 주거 공간의 안정성과 삶의 질이 비례함을 다시금 깨달았던 시기이다.

    내가 마지막으로 살았던 고시원은 상왕십리역 근처에 있었다. 그때 나는 어머니의 자살, 20대 전부를 함께한 연인의 환승이별로 심각한 불면증을 겪고 있었다. 하루이틀은 기본이고, 심하면 일주일 동안 뜬눈으로 밤을 보냈다. 이를 견디다 못한 나는 낮이고 밤이고 가까운 청계천 산책로를 수없이 왕복했다. 몸이 몹시 지치면 불면증도 사라질 거라는 단순한 생각에서 비롯된 선택이었다. 다행히 효과가 있어서 정상 수면 리듬을 조금씩 되찾았다. 덤으로 살도 빠져 몸도 건강해졌다.

몸과 마음이 점점 안정되자 주변 풍경이 눈에 들어왔다. 청계천을 걸으면서 내가 눈여겨본 풍경은 당시 막 지어진 황학동의 한 주상복합 아파트 단지였다. 거대한 배를 닮은 상가 위로 우뚝 솟은 높은 건물들. 집에서 편안한 차림으로 나와 대형마트로 장을 보러 갈 수 있고, 고층에서 청계천을 내려다보다가 마음이 동하면 아래로 내려와 산책하는 일상은 얼마나 행복할까. 하지만 월세 25만 원짜리 고시원에 사는 내게 분양가 3억 원이 넘는 주상복합 아파트는 꿈같은 곳이었다. 청계천을 걸을 때마다 나는 언젠가 꼭 저곳에서 살겠다고 다짐하곤 했다.

몇 년 뒤, 나는 서대문역 근처의 한 원룸에 전세방을 얻으며 처음으로 월세살이에서 벗어났다. 보증금은 5000만 원이었다. 첫 직장에 다니며 월급을 쪼개 2년 동안 부었던 적금에 마침 운 좋게 받은 〈조선일보 판타지 문학상〉 상금을 더해 대출 없이 보증금을 마련할 수 있었다. 월세에서 해방된 뒤 가장 큰 변화는 통장에

쌓이는 돈의 단위였다. 연봉이 꽤 오른 데다 월세로 들어가는 돈이 없으니 빠르게 목돈이 모였다. 그로부터 불과 2년 만에 나는 보증금을 포함해 처음으로 1억 원이 넘는 돈을 갖게 됐다. 조금 더 돈을 모으면 황학동의 주상복합 아파트에 입주해 청계천 산책을 하는 날이 올지도 모른다는 희망이 생겼다. 주택담보대출도 잘 나오던 때여서 충분히 가능했던 희망이었다.

그러나 세상은 내가 원하는 대로 흘러가지 않았다. 전세 계약이 끝날 때쯤 집주인은 내게 재계약하고 싶으면 보증금을 1000만 원 올려 달라고 요구했다. 원룸 건물이 낡고 관리도 엉망이었던 터라, 나는 집주인에게 다른 집을 알아볼 테니 계약이 끝나는 날에 맞춰 보증금을 돌려달라고 요구했다. 집주인은 집이 나가면 돌려주겠다며 말끝을 흐렸다. 제때 보증금을 돌려받지 못할지도 모른다는 불안감이 들었고, 그 불안감은 곧 현실이 됐다. 나는 반년 넘게 집주인과 지저분하게 싸웠다. 이후 목돈을 떼일까 두려웠던 나는 다시 월세살이로 돌아갔다.

월세 부담이 다시 더해지자 전처럼 돈이 잘 모이지 않았다. 그런 와중에 사고처럼 아내를 만나 급하게 결혼을 했다. 신혼살림을 차마 원룸에 차릴 수 없어서 방 두 개에 작은 거실 하나가 있는 빌라를 월세로 구했다. 보증금 2000만 원에 관리비를 포함한 월세가 100만 원이었다. 양가 부모님의 지원은 단 한 푼도 없었는데, 월세 부담이 원룸에서 살 때보다 두 배 이상 늘었다. 엎친 데 덮친 격으로 급하게 돈 들어갈 일이 자꾸 생겨 더는 저축을 할 수 없게 됐다. 그동안 애써 모은 돈이 단기간에 눈 녹듯이 사라졌다.

일단 가장 큰 부담인 월세를 줄이는 게 우선이었다. 아내와 나는 고심 끝에 서울을 떠나 '영끌'로 집을 사기로 했다. 매달 월세로 목돈을 허공에 날리느니 그 돈으로 주택담보대출 원리금을 갚는 게 나을 듯싶었다. 주택담보대출에 마이너스 통장까지 모두 '영끌'해도 서울에 있는 직장까지 대중교통으로 닿는 지역을 찾기가 쉽지 않았다. 밀리고 밀린 끝에 광화문역을 종점으로 둔 한 광역버스의 기점인 경기도 김포시 남서부 최외곽까지 가서야 겨우 조건에 맞는 집을 구할 수 있었다. 사실 더 밀려날 곳도 없었다. 더 밀려나면 바다에 빠질 지경이었으니까.

매달 상환해야 할 원리금이 기존 월세의 절반 수준이어서 집안 살림에 겨우 숨통이 트였다. 대신 출퇴근 시간이 왕복 서너 시간으로 확 늘어났다. 당시 나는 석간신문 기자여서 새벽 5시 30분까지 편집국으로 출근해야 했는데, 출근 시간을 맞출 방법은 새벽 첫차를 잡아타는 일뿐이었다. 몇 년 뒤 퇴사하기 전까지 나는 매일 새벽 3시 30분에 일어나 출근을 준비하는 일상을 반복했다. 평균 수면 시간이 네 시간을 넘지 못했다. 그 시절 나는 건강을 많이 잃었다. 그래도 더는 이사를 걱정하지 않아도 되는 처지라는 게 지친 와중에도 위안이 됐다.

내가 출퇴근 지옥을 견디는 사이에 서울의 집값은 천정부지로 뛰었다. 당시 문재인 정부는 출범 초기부터 부동산 가격 하락을 과제로 내세우며 강력한 규제 위주 정책을 펼쳤는데, 이는 '똑똑한 집 한 채' 열풍을 불러일으키며 급격한 전세가 상승과 집값 폭등이라는 역효과만 낳았다. 그 사이에 서울에서 수도권으로 밀려난 많은 이들이 전세사기로 평생 모은 돈을 잃었고, 그중 일부는 절망해 스스로 목숨을 끊었다. 그런 이들에 비하면 내 처지가 낫지 않느냐고 자위하다가도, 내가 한때 꿈꿨던 황학동 주상복합 아파트를 비롯해 서울 시내 아파트 평균 매매가가 10억 원 이상을 기록하며 닿을 수 없는 꿈이 된 꼴을 보면 부아가 치밀어 올랐다.

내가 말도 안 되는 큰 욕심을 냈던 걸까. 나는 그저

부지런히 일해서 번 돈을 저축해 종잣돈을 만들어 일터가 있는 서울에 집 한 칸을 마련하고 싶었을 뿐이다. 일부 정치인은 지방으로 내려가면 문제가 해결된다는데, 오랜 세월에 걸쳐 서울과 수도권에 모든 걸 집중시켜 놓고 인제 와서 대책 없이 지방으로 내려가라니. 이 얼마나 무책임한 발언인가. 내 첫 직장은 고향의 신문사였다. 그곳의 연봉은 최저임금 수준이었는데, 내가 서울의 신문사로 이직한 뒤 연봉이 두 배 가까이 뛰었다. 그런데 두 곳의 업무가 연봉만큼 크게 차이 났는지는 의문이다. 지방에 둥지가 있으면 뭐 하나. 먹이가 없는데.

지난 10월 15일 이재명 정부가 부동산 대책을 발표했다. 서울 전역과 경기 일부를 규제 지역으로 묶고 주택담보대출 조건을 크게 제한하는 내용을 담고 있었다. 투기를 막아야 한다는 데 동의하지 않는 국민은 드물 테다. 문제는 이 대책이 문제인 정부 때와 마찬가지로 실수요자에게 입히는 타격이 더 크다는 점이다. 규제를 강화할수록 현금 부자의 부동산 시장 점유율만 높아진다는 걸 우리는 이미 문재인 정부 때 목격했고, 이번에도 똑같은 현상이 곳곳에서 벌어지고 있다. '갭투자'(전세 낀 매매)를 막자 전세 물건이 빠르게 자취를 감추고 월세 물건이 급증했다. 주거비용이 늘어나는데, 집을 사기 위한 종잣돈을 쉽게 모을 수 있을까.

더 큰 문제는 이 대책을 마련한 이들의 '내로남불' 태도였다. 이재명 정부 장·차관급 이상 고위 공무원과 대통령실 수석·비서관들이 소유한 아파트 10채 중 7채는 이번 대책으로 대출 규제가 적용되는 지역에 있는 것으로 드러났다. 부동산 정책 주무 부처인 국토교통부의 차관이라는 자는 "집값이 떨어지면 그때 집을 사면 된다"고 발언했다가 '갭투자'로 고가 아파트를 사들인 사실이 드러나 끓어오르는 민심에 기름을 부었다. 이번 대책은 월세에서 전세, 전세에서 매매로 이어지던 주거 사다리를 확실하게 무너뜨린 최악의 정책으로 역사에 남을 거라고 예언한다. 무너진 사다리를 바라보는 기분은 참담했다. 소설을 쓰는 내내 화를 억누르느라 힘들었다.

베이트 볼

최유안

작가 노트
사는 집, 사는 집

1984년 광주 출생. 2018년 『동아일보』 등단. 소설집 『보통 맛』. 연작소설 『먼 빛들』. 장편소설 『백 오피스』 『새벽의 그림자』.

선박 아래를 관통하는 정어리 떼를 본다. 일정한 방향으로 흘러가다 회오리치는 거대한 무리. 강한 빛이 바다를 날카롭게 파고들자 물결이 출렁인다. 흩어졌다 다시 모인 검은 구체가 암초처럼 그 자리에 굳는다.

나는 갑자기 찾아온 정적을 따라 숨을 고른다.

*

전화가 온 건 강의에 가고 있을 때였다. 밥은? 먹었어. 집은? 부동산 다녀오는 길이야. 그래, 구축은 혼자 살기에 별로야. 나는 봉성 씨의 말을 곱씹었다. 응. 너는 세차를 잘 안 하니까 지하 주차장도 있어야 해. 신호 대기 중에 횡단보도를 침범한 차량 쪽으로 눈살을 찌푸리며 물었다. 기준을 좀 줘봐. 뭐라고? 내 예산에 무리가 없는 그런 집의 기준 말이야. 그건 네가 세워야지. 내 목소리는 조금 커졌다. 자꾸 간섭할 거면 아빠가 기준을 직접 정해보라고. 봉성 씨는 혀를 차며 말했다. 첫 번째, 기본으로 지하 주차장 무조건…… 무조건 있어야 하고. 두 번째, 대단지 아파트가 좋고. 세 번째. 봉성 씨는 단어가 떠오르지 않는 듯 뜸을 들이다가 그렇지! 하고 운을 뗐다. 브랜드가 있어야 안전이 보장되고. 지하 주차장, 대단지, 브랜드. 내가 그렇게 작게 외치며 삼거리 왼쪽으로 돌았을 때, 좁은 골목에서 대학교 이름이 크게 박힌 야구 잠바를 입고 슬리퍼를 끄는 남자가 튀어나왔다. 나는 고개를 숙이고 골목을 빠르게 걸어 지나갔다.

 취직 소식을 가장 먼저 반긴 사람은 아버지였다. 집에서 차로 세 시간 정도 떨어진 도시의 시간강사 자리였지만 그런 건 전혀 문제가 되지 않았다. 그저 자식이 취업 문제를 해결했다고 여기는 정도면 좋으련만 내 아버지 현봉성 씨는 취직을 생존의 문제로 생각했다. 더 이상 자식이 바다에 나가지 않는 것을 담보해줄 직업. 하나밖에 없는 딸을 육지에 발붙이고 살게 할 직업. 더 나아가 봉성 씨는 이왕이면 튼튼하고 안정적인 주거 공간을 채근했고, 덕분에 나는 몇 주째 살 집을 정하지 못하고 레지던스 호텔을 전전하는 중이었다. 그나마도 봉성 씨는 내가 친구 집에서 안전하게 지내는 줄 알고 있다.

봉성 씨가 세운 기준에 맞는 집을 찾기란 쉬운 일이 아니었다. 학교 주변에는 택지 지구가 개발되던 1990년대 초반에 지어진 주택단지가 대부분이었고, 그런 경우는 봉성 씨가 강조하는 지하 주차장이 없거나 좁았다. 같은 평수라도 대단지 아파트면 작은 단지의 두 배는 넘게 비쌌고, 브랜드가 붙어 있으면 호가는 더 높았다. 브랜드 아파트여도 입지가 좋지 않고 저층이면 가격이 낮았고 브랜드가 없어도 위치와 향이 좋으면 가격이 높았다. 시장에는 복잡하지만 놀랍게도 분명하고 과학적으로 꼼꼼한 질서가 있었다. 가격을 조절하는 손이 있다고 해도 믿을 만큼 절묘했다.

봉성 씨가 내놓은 조건을 되새기며 인터넷 검색으로 찾아낸 곳은 학교 쪽문에 붙어 있는 2006년식 709세대짜리 현대아파트 하나였는데, 그나마도 매물이 두 개뿐이었다. 최저가 매물도 내가 가진 돈으로 구입하려면 절반 넘게 대출받아야 했다. 단번에 전화를 받은 중개사는 어떤 집에 관심이 있는지 묻더니 당장 물건을 보러 오라고 재촉했다. 살고 계시는 분들에게 피해가 되지 않겠냐고 묻는 내 염려는 별로 중요하게 다뤄지지 않았다.

봄볕인데도 공기가 밀폐된 듯 탁하고 습했다. 쪽문으로 가는 길엔 높고 낮은 언덕이 굽이쳤다. 정어리 떼. 나는 찢어지고 모이며 하늘을 유영하는 구름 쪽으로 고개를 올린 채 그렇게 속삭였다. 모여든 정어리 무리를 순식간에 치고 오르는 것은 똑똑한 포식자 범고래였다. 그 뒤로 차오르던, 빛과 물이 만들어내는 고요. 순식간에 흩어진 정어리들. 몸이 반 토막으로 찢겨 나간 정어리가 아니었다면, 나는 바다로 다시 나갔을 것이다. 고요한 바닷속에서 일어나는 거대한 살의가 그저 섭리에 불과하다는 것을 깨닫지 못했더라면. 잔인한 범죄가 범람하는 지구에 어쩌다 태어나 외딴섬처럼 연명하는 존재가 생명체라는 걸 알지 못했더라면.

한참 정어리 떼 생각에 빠져 있었을 때 누군가 가볍게 어깨를 두드렸다. 돌아보니 강사실 옆자리 서은영 선생이 나를 보고 웃고 있었다. 인파가 몰리는 좁은 골목길을 지나며 뭘 그리 골똘히 생각하느냐고 서 선생이 물었다.

집 구했어요?

아뇨, 아직.

그렇게 말하며 소리를 낮췄는데 서 선생의 톤은 도리어 좀 더 높아져 돌아왔다.

학교에서 차로 한 10분쯤 걸리는 데 있는 더힐캐슬 분양권 급매가 나왔대요. 선생님 생각났는데 마침 딱 만났네요.

구름을 뚫고 밀려온 갑작스럽고 환한 햇살에 눈이 따가울 정도였다. 손 우산을 만들어 눈꺼풀에 씌우고 학교로 향하는 언덕을 오르면서 어떻게 하면 되느냐고, 그 부동산에 전화를 해보는 게 좋겠냐고 물었다. 그는 부동산 이름이 '이기쁨'인데, 전화해서 자기 이름을 말하면 아마 어떤 물건을 말하는지 바로 알 거라고 했다. 서 선생이 전해주는 명함을 받아 들면서 알겠다고 말했다.

*

처음 만난 순간, 한정아는 입술 끝에 담배를 물고 한쪽 눈을 심하게 찌그러뜨려 나를 바라보았다. 왼손에는 밤바다를 닮은 검붉은 와인이 잔에서 일렁였다. 수

화물 보관실은 좁지 않았지만 한정아와 나 사이에는 사람 두엇이 걸어갈 수 있는 정도의 공간밖에 없었다. 한정아는 담배를 깊이 빨아들이며 나를 향해 한마디를 뱉었다. 새로 온 애구나? 격의 없지만 다정하지도 않았다. 나는 한정아의 물음에 고개를 살짝 끄덕이는 방식으로 답했다. 태연한 척하는 내 표정이 어땠는지는 잘 모르겠다. 붉은 치마를 허벅지 끝까지 올린 채 무릎에 손을 괴고 담배를 피우는 여객선 조리장. 듣던 것만큼이나 멋진 여자라고 생각했다.

열여섯 해를 바다에서 보낸 한정아는 입지전적인 인물이었다. 원래 호텔 식음료 부서에서 근무하는, 잘나가는 셰프였던 그는 2000년 후반 돌연 호텔을 그만두고 바다로 뛰어들었다. 그때 열 살쯤이었던 나는 다양한 직업군을 조명하는 다큐 프로그램을 즐겨 보았는데, 그중 한 부가 한정아에 관한 것이었다. 프로그램 소제목은 '바다를 보았다'. 카메라에 잡힌 한정아는 끝이 뾰족하게 올라가는 서울 토박이 말투를 쓰면서, 육지에서 일어나는 조잡한 일들에 지쳤을 즈음 바다를 보았노라고, 자유의 상징인 그곳으로 나가고 싶었노라고 말했다. 다큐를 본 뒤 몇 년이 지나 입시를 준비할 때 장래 희망이 될 만한 직업을 검색하다가, 어릴 때

본 그의 인터뷰 영상을 우연히 찾았다.

바다 한가운데 서면 검은 핏줄 같은 파도가 흘러요. 인과가 무의미해지는 시간이죠. 그런 숭고함이 내 피의 온도를 결정하는 거예요. 내게 바다는 인생이에요.

고등학교에 다니는 동안 나는 그 영상을 여러 번 돌려 보았다. 바다를 대하는 사람의 마음을 인터뷰 속 그의 문장들에서 배워 익혔다. 한정아가 크고 검은 눈을 끔뻑이며 붉은 입술을 움직여 나를 향해 말하고 있다.

바다에 온 걸 환영해.

타오르는 것 같은 입술색에 넋을 빼앗겨 나는 잠시 동작을 멈췄다. 배를 움직이게 하는 기계들에서 소음이 쏟아져 나와 진공관을 씌운 듯 귀를 먹먹하게 감쌌다. 모두 저마다의 리듬을 갖추고 쉴 새 없이 소리를 내고 있었다.

점심 식사나 업무 시간 전후에, 교대 시간에 틈틈이 나는 갤리로 놀러 갔다. 한정아를 보러 가는 것이었지만 목적을 내보이지는 않았다. 갈 때마다 한정아가 있는 건 아니었기에 없으면 올 때까지 기다렸다. 한정아는 첫인상 그대로 따뜻한 부류는 아니었으나 나를 보면 꼭 남은 빵이나 쿠키 같은 걸 건네곤 했고, 나는 한정아가 그런 방식으로 자신에게 장착되지 않은 온정을 상쇄한다고 생각했다. 조리복 차림의 한정아를 볼 때면 붉은 주름치마가 떠올랐다. 그리고 그 붉은 치마는 조리복 차림의 한정아에게 매번 묘한 모욕을 안겼다. 죄수복 같은 진회색 조리복을 입고 200인분짜리 밥솥을 살피는 한정아의 눈은 나무껍질을 뚫고 나오는 가시처럼 단단하고 집요해 보였다.

그러던 어느 날, 일이 끝나고 숙소로 돌아가던 길에 바닷바람을 맞으러 후미 갑판에 갔다가 한정아를 마주쳤다. 햇살이 한정아의 창백한 얼굴 위로 흰빛을 한껏 부려냈다. 한정아는 함께 보자는 듯 제 몸을 비틀어 바다를 향해 세웠다. 길고 검은 머리가 바닷바람에 흩날렸다. 들고 있던 술잔이 쏟아질 듯 바다로 내밀렸다. 바람을 타고 그의 몸이 출렁거렸다. 한정아의 붉은 입술이 나를 향해 물었다.

넌 어쩌다 바다에 들어온 거야?

단단하게 언 줄 알았던 마음이 순식간에 녹아내렸다. 당황한 나는 눈을 끔뻑거리며 젊은 당신이 등장하는 다큐멘터리를 본 뒤 바다를 열망했다고, 그건 마치 흠모나 동경 같은 기분이었다고 솔직히 이야기하지 못했다. 잘못했다고 혼낼 사람이 아닌데도, 그런 말을 할

용기가 나지 않았다. 대신에 내가 내놓은 소재는 헤밍웨이, 고래와 남자, 노인과 바다 따위였다. 한정아는 고개를 가볍게 끄덕였다.

마음에 든다.

단조로운 음성으로 빠져나온 그 문장이 질척이는 공기 사이에 던져졌을 뿐인데, 그의 마음에 드는 대답을 고른 내 선택이 무척이나 자랑스러웠다. 모르긴 몰라도 흠모로 점철된 오해는 한정아가 하는 말의 방향과 논점을 흐리곤 했다. 그럼에도 부드럽고 쓸쓸한 파도가 선박을 훑고 지나갈 때마다 나는 비장한 열의에 차올랐다. 어떤 순간에는 분명하고도 휘황한 빛이 우리를 감싸안았다.

바다에서 일하는 사람들은 험한 세파를 경멸했다. 세상 사람들이 부리는 욕심과 벌이는 싸움에 지쳤다가 갑판 위에 올라 멀리 검푸른 바다를 바라보면 숭고한 마음이 든다고 했다. 거센 파도에 몸을 가누기 힘들어하다가도 파도가 가라앉으면 사람들은 안심했다. 거대한 자연 속에 인간은 한낱 뱁새 같은 존재라고, 관계에서 일어나는 격렬한 감정과 욕망은 하찮은 것이라고. 그래서인가, 바다를 안식처로 여기는 사람들은 좀처럼 육지에 머무르려고 하지 않았다. 나는 그것 역시 일종의 집착이라고 생각했다. 다시 말해 한정아가 그 말을 하기까지, 나는 '마음에 든다'는 말이 내게 하는 말이라고 착각했다. 한편으로 내가 그런 오해를 하지 않았더라면 한정아와 마주칠 때마다 내가 그의 마음에 드는지 그렇지 않은지를 가늠하느라 많은 시간을 할애했을 거라는 걸 안다. 그것이 내 성격의 완연한 결함이라는 것도. 덕분인지 나는 그날 이후로 한정아를 후미갑판에서 자주 만났다. 한정아는 나와 보내는 시간의 조각들을 재미있어했지만 나처럼 황홀해하진 않았다. 그럴 때 나는 가끔 절실한 마음이 되었다. 히브리스가 만들어진 권력이라는 구절을 선내 도서실을 통해 빌린 책에서 읽었고, 매번 검붉은 와인잔을 들고 나타나는 한정아를 보며 통제와 질서에 관해 생각하는 순간이 있었어도 한정아의 습관을 내가 뭐라 단정 짓지는 못했다.

한정아는 갑판 모서리에 앉아 자주 담배를 피우거나 술을 마셨고, 나는 그 옆에서 주로 책을 읽었다. 당직 전후 알코올과 흡연은 금지였고 독서는 권장 사항이었으나 눈치는 내가 봤다. 『도리언 그레이의 초상』이나 『프랑켄슈타인』을 읽다 지겨우면 『호모 히브리스』 같은 제목이 어려워 보이는 책을 골랐다. 가끔 한정아가 뭘 읽는지 물어봤기 때문에 아무 책이나 집어 들 수 없었을 뿐이라고 설명하는 쪽이 더 정확하다.

*

 전화를 받은 사람은 짧은 통화에서도 강렬한 기운이 전해질 만큼 분양권에 박식한 중개업자였다. 그와 대화하며 나는 몇 가지 사실을 알게 됐다. 서 선생에게 지금 아파트가 두 채나 있다는 것과 얼마 전 두 채의 아파트를 수억 대의 차액을 남기고 팔았다는 것. 나는 뭘 굳이 교수씩이나 할 필요 있냐는 서 선생의 말을 기억해냈다. 현 선생, 돈 벌 방법은 많아. 직에 목매달지 말고 편히 살아. 중개업자는 이번에 이 매물이 시세보다 5천만 원 정도 저렴하게 나왔다는 사실을 강조했다. 5천만 원이나 적은 금액이거나 말거나 내게는…….
 돈이 없는걸요.
 내 말에 중개업자가 도리어 앙앙거리는 소리를 냈다. 일하며 모아둔 돈이 좀 있다는 얘기를 들었다고. 직장 온전하고 현금 있고 실거주 목적이면 그때부터는 대출 게임이니 시간 날 때 사무실에 한번 들러달라고. 나는 방금 빠져나온 현대아파트 9층의 27평형 안에서 아이 넷과 함께 살고 있던 얼굴이 긴 여자의 지친 표정을 되짚어보다 지금 가겠다고 말했다. 전세를 놓겠다던 집주인이 어느새 마음을 돌려 월세가 아니고서야 매매를 단언했다는 이야기를 중개업자에게 막 듣고 나온 참이었다. 통화를 마치고 주차장으로 뛰어갔다. 조수석 차창에는 노란 스티커가 붙어 있었다. 매몰차게 붙인 외부 차량 주정차 금지 경고장이었다. 단단히 밀착된 스티커를 손톱으로 긁어냈다. 스티커 끝에 흰 부스러기가 일어나며 경고장은 우수수 떨어져 내렸다.

시동을 켜고 차를 몰아 단지 입구로 가는 동안 마음이 점점 착잡해졌다. 집을 구하는 게 이렇게나 복잡할 일이던가. 주차장, 대단지, 브랜드만으로 해결되지 않는 게 육지 바닥에는 너무 많았다. 세 가지 조건이 잘 갖춰졌음에도 대출이 불가능한 경우도 있었다. 재개발 조합과 입주민들이 다투느라 수년째 등기가 안 되는 경우도 보았고 은행마다 요구하는 신용 등급과 소득 기준도 달랐다. 육지에서 일어나는 일에 관해 기꺼이 무덤덤해지는 동안, 기르지 않았던 감각이 파도의 포말보다 거대하고 날카로운 입자가 되어 나를 무참히 파고들었다.

신호를 기다리고 있을 때 전화가 다시 울렸다. 이기쁨 실장이었다. 서 선생 동료라면 신원이 보장되는 분이고 입질이 슬슬 오는 것 같아서 말씀드리는데, 결정을 서두르는 게 좋겠다는 거였다. 나는 이 실장의 말에 퉁명스럽게 답했다. 이건 마트에서 대파를 고르는 일이 아닌데요. 그 순간 내 앞으로 배달 오토바이가 튀어나오더니 앞을 가로지르며 지나갔다. 놀란 마음에 손끝이 움찔거렸다.

물론 결정이 쉽진 않겠죠.

그렇게 말하고 잠시 숨을 고르더니 그럼에도 이건 좋은 기회예요, 전문가는 전데, 저를 믿으셔야 하지 않겠어요, 하고 이기쁨은 아쉬운 소리를 했다.

집을 한번 보고 결정할게요.

그즈음 나도 나름 아파트만 10여 채 넘게 본 참이었다. 무엇을 얼마나 꼼꼼히 봐야 하는지 많이 읽고 배웠다. 해가 밝을 때와 어두울 때의 경우 모두를 살펴야 하고, 몰딩이 반듯하게 시공되어 있는지, 마루에 찍힘이나 긁힘은 없는지, 있다면 어느 정도인지, 수압은 괜찮은지 등을 확인하고, 그리고…… 주차장, 대단지, 브랜드. 봉성 씨의 당부를 속으로 되뇌는 동안 이 실장의 목소리가 무의식적으로 높아져 있었다.

짓고 있는 아파트를 무슨 수로요?

옆에 자리한 시장 입구 때문인지 도로의 신호등 간격이 좁았다. 눈앞의 신호가 삽시간에 노란색으로 변하더니 왼쪽으로 택시 한 대가 큰 소리를 내며 지나갔고 뒤에서 트럭이 경적을 울렸다. 과감한 속도와 부산한 도로, 산란한 볕과 숨이 막힐 듯 답답한 공기, 집요한 경적. 이기쁨에게 시간을 조금만 더 달라고 말하며 서둘러 전화를 끊었다. 눈을 부릅뜨고 신호를 기다렸다가 초록색을 보자마자 액셀을 밟아 두어 개 블록을 더 지난 후에 우회전했다. 그곳에 아파트 건설 현장이 있었다. 구도심에 불쑥 솟아 있는 신축이었고, 지하철 공사 중인 데다 당연히 존재하는 주차장과 대단지, 흠잡을 데 없는 브랜드. 전화 진동이 울렸다. 이번에도 이기쁨이었다. 가림막 넘어 단지 위치를 머릿속으로 가늠하며 물었다.

그렇지 않아도 궁금했는데, 몇 동이라고 하셨죠?

103동인데요.

이기쁨은 가쁜 숨을 돌리더니 말했다.

방금 팔렸대요.

나는 허공을 바라보며 가볍게 한숨 쉬었다. 대파 맞

네. 그렇게 말하며 시동을 다시 켰다. 공사장 허공에는 타워크레인들이 곳곳에서 자재를 나르고 있었다. 눈앞에는 대형 백화점과 쇼핑몰 들의 입점을 바라는 구도심 조합원의 요구가 커다란 글씨로 적힌 현수막이 나부꼈다. 문득 각종 크레인과 리프트가 하늘에 쏘인 홀로그램처럼 보였다. 빛이 흘러 그것들을 쏘았을 때 내가 느낀 감정은 경이로움, 그리고 비현실감이 뒤섞인 절망이었다. 거대한 덩어리가 내 발을 묶어 함께 아래로 떨어지는 느낌이었다. 내 집은 없다. 이 삶은 내게 그런 것을 주지 않았다.

거듭되는 좌절에 따라붙는 무력감과 허탈감, 속절없이 밀려드는 원초적인 감정들. 관성에 가까운 오기. 이기쁨부동산으로 가는 동안 나는 더 이상 물러날 데가 없다고 생각했다. 내가 원하는 조건을 모두 갖춘 집이 없는 건 직접 짓지 않는 한 당연한 이치였다. 이기쁨부동산은 아파트 건축 현장 뒤편에 있는 2천 세대 대단지 아파트 상가의 중앙에 있었다. 옆으로 상가 건물 1층에는 범고래 무리처럼 부동산 몇이 웅크리고 있었다. 하얀 패널에 은빛으로 새겨진 영어식 이름—Joy—과 작게 열린 문, 밝고 환한 인테리어 덕에 이곳이 중개 사무소란 걸 알아보기 쉽지 않을 것 같았다. 그도 그럴 것이 문에 작은 손 글씨 메모가 붙어 있었다. '커피 안 팝니다.' 사무실에는 나와 통화했던 이 실장은 없었고 나를 알아본 조 실장이라는 사람이 얼른 나를 안쪽으로 들이며, 마실 걸 하나 고르라더니 원목 상자를 열었다. 상자에는 원두커피 드립백이 가지런히 정리되어 있었다. 하늘색 잔꽃잎이 그려진 블루마운틴을 골라 일회용 필터 입구를 찢는 순간 이 실장이 들어왔다. 그녀는 인사하는 목소리만 듣고도 내가 누군지 알아봤다. 내가 다 서운하네. 그러더니 다른 부동산에서도 거의 동시에 매물을 보고 있기 때문에 속도가 생명이라는 조언을 해주었다.

급하시죠? 강아지 여기로 얼른 데려오고 싶으시다고.

서 선생에게 강아지 이야기를 한 적이 있었다. 그때 서 선생이 그런 얘기를 했다. 강아지랑은 오피스텔도 못 들어가고 전월세도 힘들지. 현 선생은 무슨 일이 있어도 집을 사야겠네.

내가 한 번도 제대로 공부해본 적 없는 부동산의 세계에 어떻게든 적응해보려고 나름대로 노력했다. 지금까지 해온 모든 노력이 공격적인 이물감을 선사했지만 당연한 일이겠거니 참았다. 그러나 그 결과로 투기 시장에 입성하고 싶지는 않았다.

이 실장에게 말했다. 방금 보고 온 구축 아파트가 있는데 제 예산에는 그 매물이 더 적절한 것 같아요. 이 기쁨은 생각할 틈도 없이 말했다. 그거야말로 최악수예요. 구도심 활성화 훈풍이 불어도 신축 아니면 다들 멈칫멈칫하는데, 수십 년 된 구축에 뭐 먹을 게 있다고 그런 수를 두시려는 거예요. 그나마 분양이니까 좀 버티다 정리해서 플러스알파를 먹지, 왜 굳이……. 이 판에서 살아남은 사람들, 다 그렇게 돈 벌었다니까? 이 실장이 말하는 동안 바람이 사무실 안으로 콘크리트 냄새를 옅게 끌고 들어왔다.

우선 알겠으니 또 연락하자고, 나는 겨우 말하곤 밖으로 나왔다. 나뭇잎 사이로 부서지는 빛을 올려다봤다. 빛을 받은 바다처럼 눈이 부셨다. 지금 나는 어떻게 보일까. 터져 나온 욕구가 물결에 발광하며 흩어지고 있을까. 찢겨 나가던 정어리처럼 속이 헤쳐지고 핏물이 터져 나온 모습일까. 에코백 어깨끈을 고쳐 메고 다른 부동산에 눈길을 돌리지 않은 채 상가 주차장으로 잰걸음을 옮겼다. 그때 조 실장이 급히 밖으로 나오며 내게 물었다.

월세는 어때요? 괜찮은 매물이 있는데.

*

 정어리 떼가 지나갈 때, 나는 갑판에서 한정아와 함께 바다를 보고 있었다. 한정아는 담배를 연달아 두 개비째 입술에 꽂는 참이었다. 그때 발목까지 내려오는 희고 긴 시폰 원피스를 입은 한 젊은 여자가 갑판 위로 올라왔다. 분홍 색감의 챙이 넓은 비치해트를 쓰고 사뿐히 걸어 바다를 배경으로 사진을 찍는 여자. 그녀가 가는 팔을 들어 바다를 향해 손을 내밀었다. 유혹적일 것 없는 짐짓 과장된 몸짓으로.

 고객들 눈에 띄지 말자.

 그제야 나는 한정아가 여자 쪽으로 시선을 고정하고 있는 걸 깨달았다.

 선장님한테 한마디 들으셨어요?

 한정아는 입술을 벌려 피자두를 짜낸 것 같은 색깔의 혀를 동그랗게 말더니 나를 향해 내밀었다.

 적당한 결핍은 삶을 아름답게 해.

 우리는 선박 모서리를 돌아 바다의 다른 편을 향해 걸었다. 나는 발맞춰 걷지 못하고 한 발 물러섰다. 한정아를 볼 때 나는 가끔 십수 년 전의 동영상 속 그녀의 생기 넘치는 얼굴을 떠올리곤 했다. 내게는 결코 만져볼 기회가 주어지지 않을 차가움. 나는 피그말리온의 조각상 같은 모습을 동경했다. 처음 보았을 때보다 더 야위었지만, 나는 그것이 한정아 나름대로 환경에 체급을 맞춘 결과라 생각했다. 한정아 바깥의 어떤 것에도 과감히 눈을 두지 않았고 그것이 그를 한 명의 인간으로 사랑하는 내 유일한 방법인 것처럼 굴었다. 포말이 작게 이는 육중한 중력의 바다, 하늘의 색을 닮은 한없이 가벼운 바다. 한정아가 혼잣말처럼 문장을 뱉었다.

어질어질하다.

나는 돌아봤다. 그의 시선 끝에 바다가 걸려 있었다.

바다요?

한정아는 가볍게 고개를 끄덕였다.

세계의 끝과 하드보일드 원더랜드 같잖아.

정어리는 해역을 이동해 살면서 번식기에는 무리를 지어 연안으로 몰려온다. 구조화된 서식지 없이 바다가 곧 생활의 터전이자 집이다. 해양학 이론서에서 그런 문장을 읽은 적이 있다. 나는 커다란 바위와 바위에서 떨어져 나온 것 같은 돌덩어리 모양의 작은 정어리 떼를 보며 혼잣말했다.

너네는 집이 필요 없어?

그때 한정아가 바다 쪽으로 몸을 길게 빼 깊숙이 숙

이며 흔들거렸다.

어디에도 숨을 곳이 없다는 걸 아는 거지.

그 순간 정어리들을 길게 가르는 거대한 검은 물체가 보였다. 물체의 흐름에 따라 물결이 바다를 갈랐다. 범고래였다. 검은 등지느러미가 익숙하고 재빠르게, 공 모양을 이룬 무리의 바깥쪽에 있는 작은 정어리 무리를 향해 집중적으로 움직였다. 정어리 몇이 그대로 찢겨 나갔다. 사방으로 살점이 튀었다. 고래는 베이트 볼을 최대한 혼란스럽게 해체하는 것이 먹이를 얻는 방법이라는 걸 직감한 것 같았다. 작은 무리의 일부분이 푸르르 떨어져 나갔다. 고래는 떨어져 나간 정어리 무리가 방향감각을 잃어버리자 때를 놓치지 않고 다시 한번 방향을 전환해 검은 호를 그리며 물결을 뚫고 지나갔다.

바다는 고요했다.

나는 그 순간 이론서에 강한 반발심을 느꼈다. 정어리에게 무리는 정말 안전할까.

그렇게 묻는 나를 한정아는 바라보고 있었다. 기이할 정도로 선명한 웃음을 꺼내 보이며 내게 손을 내밀었다. 나는 한정아가 내민 손을 보면서 잠자코 서 있었다. 내 눈은 한정아의 눈을 향해 있지 않았다. 끈덕지고 붉고 쓸쓸한 입술, 나는 그 입술에 내 입술을 맞추고 싶었던 것 같다.

*

　베이트 볼 안에 있거나, 따로 떨어져 나와 있거나. 두 경우 모두 정해진 운명을 바꾸지는 못한다.
　집 계약 문제에서 그만 자유로워지고 싶었다. 많은 집을 쫓아다니며 어떤 결정도 내리지 못하고 있었지만, 흠이 있다던 집들에도 누군가는 살고 있었다. 못 살 집은 아니라는 뜻이었다. 사실 나는 오직 내 한 몸 누워 쉴 수 있는 어떤 공간이 필요할 뿐이었다. 집을 사고 그 집을 통해 돈을 불려 또 다른 집을 사는 방식의 경제적 부흥은 원한 적 없었을 뿐 아니라 그런 시스템에 관심을 둔 적도 없었다. 전세냐 월세냐도 중요하지 않았다. 계속 단기형 숙소를 돌아다닐 수는 없는 일이었다. 마음 먹으면 끝날 일이었다. 이제는 구하러 다니는 일을 그만두기로 했다. 입주 방식은 중요하지 않았다. 월세를 구해 지내다가 다음 계약 기간이 되면, 그때 다시 생각하면 될 일이었다. 서 선생은 그 이야기를 듣고 내게 충고했다. 전월세는 집주인 좋은 일 시키는 거라니까. 그러더니 마지막으로 한마디를 덧붙였다. 그 바닥에서는 돈이 스승이에요. 다른 건 아무것도 믿지 마. 나는 서 선생의 말을 흘려들으며 고개를 가볍게 끄덕였다. 네, 알아요. 감사해요. 그렇게 말하고서 강의 자료를 챙겨 강사실을 나왔다.

조 실장에게 이끌려 학교 근처에 있는 신축 아파트 매물을 딱 한 채 보았다. 천 세대 넘는 대단지의 널찍한 공원과 조경이 눈에 들어왔다. 촘촘히 세워진 펜스에 지하 주차장이 있었고 브랜드도 쟁쟁했다. 조 실장은 입주자 관리 센터에서 가져온 카드로 문을 열며 조언했다. 우리 10층 이하는 보지 말아요. 이 아파트는 남서향이라 노을 맞집이거든. 일몰은 10층 이하에선 제대로 멋이 나질 않아. 조 실장을 따라 엘리베이터를 탔다. 투박한 골판지가 보호막처럼 안쪽에 둘러 있고 그 위로 인테리어니 가구 매장이니 하는 스티커들이 질서 없이 붙어 있었다. 15층으로 올라가는 내내 유기화합물에서 풍기는 매캐한 냄새가 코를 찔렀다. 엘리베이터가 멈춰 서자 조 실장이 빠른 걸음으로 내려 출입 카드를 현관 도어록에 갖다 댔다.

문을 열자 나타난 거실 창으로 바깥 풍경이 훤히 보였다. 좋다, 그쵸? 조 실장이 물었다. 25평인데 작은방

하나를 터서 구조가 더 시원해요. 나는 조 실장을 따라 거실로 조금 더 들어가 창밖을 바라봤다. 아래에는 아직도 공사 현장을 떠나지 못한 각종 자재가 무방비로 놓여 있었다. 시야 왼쪽으로 회색 베이스의 대단지가 매끈하게 들어서 있고, 오른쪽에는 난잡한 구도심이 내려다보였다. 골목을 오가는 사람이 아무도 없었다. 거실 밖을 바라보고 있던 내게 조 실장이 다가오더니 혹시라도 이것보다 가격이 저렴하게 나온 5층을 볼 의향이 있는지 물었다. 월세는 15층보다 20만 원 정도 싸다는 말이 따라붙었다.

그냥 해요. 그만 볼래요.

그래요, 뻥 뷰에 여자 혼자 개까지 데리고 사는데 이 정도면 후하지.

나는 입술 안쪽을 잘근 깨물었다. 뭐가 얼마나 비싼 건지 감을 잡을 수 없었다. 육지 시스템에 적응하는 중에 생기는 일종의 기회비용이라고 생각하기로 했다. 계약은 모레, 이기쁨 사무실에서 하자고, 조 실장이 말했다.

*

 한정아는 바다에 떨어져 죽었다.
 그날 하필 그 순간에, 한정아가 내게 어째서 냉장고에 있는 슈납스를 좀 가져와달라고 했는지 지금의 나는 잘 모르겠다. 한정아가 그때 이미 죽을 작정을 하고 있었는지, 아니면 내가 슈납스를 가지러 가는 동안에 갑자기 죽을 결심이 섰는지, 그것도 아니면 내가 불안해하는 것처럼 정어리 떼를 보다가 바다로 고꾸라진 건지, 나는 알 수 없다. 모든 것이 지금 내게는 슬로모션으로 흐르는 동영상 속 낱낱의 단위로 느껴진다.
 한정아의 부탁대로 갤리에 붙어 있는 창고형 냉장실 오른쪽 끝에서 그가 넣어두었다던 맑은 색 슈납스를 꺼내 왔고, 후미 갑판 쪽으로 다가가며 멀리 바다를 바라봤다가, 한정아가 있을 법한 쪽으로 고개를 돌렸을 때 무언가 바다로 떨어지는 소리를 들었으며, 그곳에 있어야 할 한정아가 없다는 걸 알았다.
 한참이나 이름을 부르며 한정아를 찾았고, 그러다 물결 위로 떠오른 한정아의 붉은 치마를 보았다. 눈을 끔벅였을 때 무언가 거대한 물체가 물에 뜬 길쭉한 막대기 같은 걸 낚아채 물속으로 끌고 들어갔다. 그것이 한정아의 몸이었을지 모른다는 사실은 그다음 순간에 깨달았다. 나는 폭죽을 터트리고 남은 찌꺼기들처럼 물 위에 둥둥 떠 있는 붉은 치마와 찢긴 정어리 살점들을 멍하니 바라봤다. 선박 후미의 눈에 잘 띄지 않는 곳이었으므로 지나가는 사람이 없었다. 바닷물이 뱃전을 치는 소리가 먹먹하게 들렸다. 거대한 바다일수록 파도 소리는 둔탁했다. 뭐라고 소리쳐야 한다고 나는 스스로에게 경고했다. 교육받고 선박에 오른 선원이 아닌가. 사람이 사라졌어요. 그것 말고는 생각나는 말이 없었다. 사람이, 사, 사람이 사라졌어요……. 내가 지른 소리는 목구멍 안으로 들어가 내 몸을 불태우는 것 같았다. 나는 눈물과 콧물로 뒤범벅된 채 바닥 위로 무너져 내렸다.

오랫동안 나는 바다를 자유의 공간이라고 생각했다. 아마 바다에서 일하는 많은 이들이 바다를 해방구라고 여겼을 것이다. 어쩌면 마지막 순간의 한정아도 그랬을 것이다. 신고를 받고 달려온 해양경찰 헬기가 몇 시간 수색 끝에 한정아의 붉은 치마만 건져 올린 모습을 보고, 나는 바다를 떠나기로 결심했다.

사람들은 한정아가 입고 있던 붉은 치마를 보며 쑥덕거렸다. 알코올중독이었다고, 그날도 이미 정신이 좀 나가 있었다고. 말은 나눌수록 거칠어졌다. 매일 술을 마시는 걸 봤다고. 담배도 멋대로 피웠다고. 가족 하나 나타나지 않는 걸 보라고. 한정아를 기리는 건지 남은 사람들이 위안받으려는 건지 모를 간소한 해양장을 치르는 동안, 바다 한가운데에서 선박만큼 위험한 곳이 없다고 누군가 말하자 일하던 사람들 대부분이 고개를 끄덕였다. 그곳에도 사람이 살기 때문이라고, 다른 누군가가 답하듯 말했다. 사람이 사는 곳에는 무슨 일이든 생겨. 바다 한가운데라 도리어 제대로 손도 못 써봤지. 육지였다면 살았을지도 몰라. 사람들이 그 말에 고개를 끄덕였다. 바다는 자유와 해방의 공간이라는 말은 그저 말놀음이라고, 누군가 그렇게 말하는 통에 장내는 더 엄숙해졌다. 장례가 끝나고 조리부 사람들과 함께 한정아의 숙소에 들어가 짐을 정리하다가, 『프랑켄슈타인』에 끼워져 있던 서류 몇 장을 발견했다. 거기에는 한정아 명의의 집이 경매로 넘어갈 예정이라는 서류와 부모가 한정아에게 쓴 유서가 반으로 곱게 접혀 있었다. *네가 고생해서 마련해준 집……. 부담을 조금이라도 줄여보고 싶었을 뿐인데 일이 이렇게 되어버렸구나. 동생 병원비까지 감당하느라 고생 많았다. 이제 이곳 걱정은 말고 지내길……. 네 잘못이*

아니란다.

숨을 곳이 어디에도 없다는 거지.

그렇게 말하던 한정아의 눈은 거대 무리에 끼지 못한 정어리 떼를 향해 있었다. 그 정어리 무리가 범고래들 때문에 죽었는지, 정어리 떼들 때문에 죽었는지, 알 길이 없다.

*

이기쁨에 도착했을 때는 부쩍 더워진 한낮이었다. 집을 구하러 다닌 지 꼬박 두 달 만의 일이었다. 일전에 들어섰을 때보다 훨씬 편안한 마음이 되어 있었다. 들어가자마자 이 실장과 조 실장이 나를 반겼다. 이 실장 자리의 프린터기에서 무언가 착착 소리를 내며 인쇄되어 나오는 중이었다. 월세 계약서를 다 쓴 참이라는 이 실장의 말이 따라붙었다. 나는 어색하고 작게 미소를 지으며 앉았다. 이 실장은 내게 원두커피를 권하지 않았다.

나는 자리에 앉아 벽 한쪽을 가득 메운 지도 쪽으로 고개를 돌렸다. 도심 전체가 확대되어 조망하듯 보였다. 내 옆에는 신축 아파트 이름과 모델하우스 주소가 굵고 붉은 굴림체로 쓰인 갑 티슈 통이 두어 개 쌓여 있었다. 기다리는 동안 이기쁨에 일종의 룰이 있다는 얘기를 이 실장으로부터 들었다. 한 가지는 이기쁨이 아파트든 빌라든 신축 분양 위주로 거래한다는 것, 다른 한 가지는 분양을 이 실장이, 분양된 집의 전월세 계약을 조 실장이 맡고 있다는 것이었다. 매매할 마음이 생기면 언제든 연락달라는 말도 잊지 않았다.

그때 집주인이 이기쁨 안으로 들어왔다. 조 실장이 쾌활하게 웃으며 그를 반겼다. 저번에는 사모님이랑 같이 오시더니 오늘은 혼자 오셨네. 허름한 티셔츠 차림에 충청도와 경상도가 뒤섞인 방언을 사용하는 중년의 남성이었는데, 어쩐지 낯이 익었다. 그도 초면이라기에는 어리둥절할 정도로 살갑게 다가와 앉으며 알은체했다. 본격적으로 계약에 관해 이야기를 나누기 전에 이 실장이 집주인에게 요즘은 어떤 지역에 관심을 두고 있는지 물었다. 사모님이 한 발을 내다보잖아. 그 분양권도 애물단지 될 줄 알았는데 바로 나가고. 부럽다 부러워. 나는 어쩐지 질문하는 자와 답변하는 자가 바뀐 것 같은 그 문답 사이에 우두커니 올려진 계약서를 바라보고 있었다.

처음에는 그들의 이야기를 반응 없이 들었다. 나와는

전혀 관련이 없는 이야기라고 생각했다. 어디까지나 나는 월세 계약서에 문제가 없는지 확인하고 도장을 찍고 가면 그만이었다. 집주인이 갖고 있는 아파트에 빌라까지 얼핏 세어봐도 네 채는 된다고 이야기했을 때, 나는 집주인의 얼굴을 올려다봤다. 그게 가능해요? 그는 수수하게 웃었다. 질문을 가로채 간 이 실장의 목소리가 경박스러웠다. 아휴, 겁부터 먹으면 될 일도 안 되지. 방법은 다 있어요. 우리도 돈만 있으면 하지, 근데 또 사장님처럼은 못 하지. 우리한테는 똑소리 나는 와이프가 없거든. 그렇게 말하며 이 실장이 지금까지 본 모습 중 가장 헤프게 웃었다.

그치, 안목이 좋긴 좋아. 웬만한 부동산 뺨치지, 우리 와이프가.

이거 봐요. 이 아파트는 월세도 바로 나갈 줄 알았다니까. 워낙에 뷰가 좋잖아. 교수님 집 고르는 솜씨가 정말 똑소리가 나. 돈도 공부라니까. 공부를 많이 하면 아무래도 눈이 트이나봐. 나는 그제야 집주인의 사모라는 교수가 어떤 걸 전공하는지, 어디서 근무하는지 궁금해졌다.

이 바닥에서는 돈이 스승이야. 아무도 믿지 마.

지나쳤던 말이 둥실 떠올랐다. 어쩐지 나는 그 순간

비치해트를 쓰고 갑판으로 나와 바다 위로 떠오른 햇살에 얼굴을 내밀던 여자와 몸이 반으로 찢겨 나가던 선박 아래의 정어리를 생각해냈다. 검은 바다와 하얀 포말 사이로 멀어지던 한정아의 마지막 모습을 떠올리려고 애썼지만, 아무것도 기억나지 않았다. 거대한 베이트 볼이 사납게 찢어지는 장면, 거기에서 생각이 멈춰버린 것 같았다.

*

한정아를 마지막으로 본 날, 나는 한정아에게 물었다.

바다를 벗 삼아 사는 사람들은 바다에서 인생을 배우기도 하잖아요.

그 말을 듣고 한정아가 웃었다.

의미를 찾는 건 인간의 이기지. 바다는 교훈을 준 적이 없어.

나는 한정아의 무심한 목소리를 숨죽인 채 들었다.

인간이 부풀리는 거야, 다른 인간의 목소리를 빌려서. 좌표도 인간이 찍잖아. 바다를 갈라 판다고 하면 아마 금방들 달려들걸.

나는 선박 아래를 관통하는 은빛 점들 같은 정어리 떼를 보며 말했다. 정어리 떼가 이 정도로 가까이 오는 경우도 있어요? 한정아는 그럼, 여긴 세계의 끝이니까, 그렇게 말하며 담배 연기를 몸속 깊이 밀어 넣었다.

그때 배가 출렁였다. 바다에 좌표를 꽂은 것처럼. 나는 밀려든 정적을 따라 숨을 골랐다. 죽음도, 삶도, 인간의 개념이잖아. 좌표를 보고 살아 있다며 안심하고 싶은 거야. 햇빛이 거세게 바다를 파고들었다. 살아 있는 한 불안이 인간을 잠식하니까. 한정아의 말에 대답하듯 정어리 무리가 다시 뭉쳤다. 유려하고 본능적이며, 활기 넘치는 모습으로. 은빛 베이트 볼 아래에서 검은 그림자가 솟구치고 있었다.

작가 노트

사는 집, 사는 집

직장인 십수 년 차인 내가 돈을 계속 버는 이유는 하나다. 생활인인 내가 소설을 쓰고 싶어하는 나를 지켜야 하기 때문이다. 내가 가장 좋아하는 일은 지금도 오직 글쓰기이다.

루이자 메이 올컷의 『작은 아씨들』은 내가 가장 처음 스스로 읽은 책으로 기억에 남아 있다. 아홉 살 무렵 할머니 지인이 운영하는 책방에서 읽은 그 책 속 조 마치의 대사―내가 쓴 글로 돈을 벌며 살겠어―를 30년이 넘은 지금까지 마음속에 품고 있다. 그러나저러나 여전히 글쓰기만으로는 생활이 어렵다는 걸 잘 알고 있다.

나는 스물일곱부터 직장에 다녔고, 본격적으로 습

작을 시작한 스물여덟부터 지금까지 글쓰기와 직장을 병행하고 있다. 소설 쓰느라 일을 게을리 한다는 소리를 듣고 싶지 않아 직장과 사회가 요구하는 기준을 만족시키기 위해 최선을 다했고, 일에서 보람도 찾았다. 그만두고 싶다는 말을 수시로 하지만, 소설을 계속 써도 괜찮다고 스스로 안심시키고 싶었으므로, 나는 직장에서 멀어지지 못했다.

직장인이 거주지를 정하는 중요한 기준 중 하나는 직장과의 거리이다. 나도 직장이 서울에서 세종으로 자리를 옮긴 탓에 거주지를 세종으로 옮겼다. 세종살이 8년 차 즈음, 코로나가 세상을 무참히 뒤덮었던 어느 날 드디어 퇴사를 결심했다. 10년을 채운 직장 생활도 지겨웠고, 한국의 분주함에 지쳐 있었다. 전업 작가가 되기를 희망하고 있었으므로, 모든 걸 접고 한국을 떠나 간간이 주어지는 일을 하면서 살겠다고 생각했다. 내 소유의 집 한 채 없을 뿐더러, 처분을 계획했다는 듯 세간도 간소했다. 미련 없이 내 글 하나만 믿고 떠날 요량이었다.

퇴사를 알리고 사람들과 마지막 식사 자리를 가졌다. 밥을 먹으며 선배들은 하나같이 내게 물었다. 아파트는 팔 거야? 나는 다른 자리에서 여러 번 했던 말을 되풀이했다. 저 아파트 없어요. 그러면 선배들은 놀란 눈이 되어 물었다. 수년 동안 쓸 수 있었던 특별 공급을 안 쓰고 그냥 날렸다고? 집을 사라고 그렇게나 말했는데도? 바보냐, 너? 나는 그 말을 듣고 늘 빙그레 웃었다. 거기 신경 쓸 시간을 쏟아서 다른 걸 했어요. 사람의 운에는 한도가 있고, 저는 그 운을 다른 곳에 썼을 뿐이에요. 1억, 2억을 어디서 벌어. 진짜 헛똑똑이네. 선배들은 기가 차 했다.

코로나 시기의 세종시 부동산을 기억하시는지? 내가 살던 집은 일주일이 멀다 하고 호가를 갈아 치웠다. 부동산 취득 대신 내가 얻은 건 등단과 첫 책이었고, 그거면 됐다고 생각했다. 그들은 내 생각이 어딘가 현실에서 붕 떠 있다고 느꼈다. 얼마 후에 나는 예상치 못한 새 직장의 합격 소식을 들었다. 고민 끝에 퇴직이 아닌 이직을 선택하면서, 완전한 퇴사와 이민이라는 원대한 계획을 이행하지 못하고 광주로 자리를 옮겼다. 전업 작가의 꿈은 다시 물거품이 되었다.

전세를 빼서 이사하면서, 나는 광주의 상황이 세종보다 나을 거라고 생각했다. 집값에 조용히 미쳐 있는 세종보다야, 오래된 대도시이고 거주 형태가 꽤 다양한 데다 컨디션에 따라 집값도 다양할 테니 사정이 나을 거라고. 직장에서 마련해준 기숙사에 임시로 머물면서, 본격적으로 집을 구하러 다녔다. 처음에는 내 몸 뉠, 직장 가까운 곳에 있는 작은 집이면 된다고 생각했다.

부동산에 가서 상담을 하면 할수록 이상하게도 애초에 내가 생각했던 것보다 집의 규모가 조금이라도 더 커지거나, 조금 더 신축이 되거나, 조금 더 비싸졌다. 부동산을 따라다니며 나는 집값에 무척이나 예술적이며 과학적인 질서가 잡혀 있다고 생각했다. 그리고 집을 구하다가, 한국에서 아파트란 사는 곳 이상의 기능을 한다는 사실도 새삼 체험했다. 서울이 아니라 어느 곳이라도 그랬다.

나는 어릴 때 주택에서 마당 흙 내음을 맡고 컸다. 아파트에서 사는 것보다 동선도 생활도 비효율적이었다. 아파트는 모든 것이 정형화되어 있었다. 어느 동네 어느 집도 비슷한 규격에 비슷한 삶의 양식을 갖췄다. 처음 아파트로 이사했을 때 나는 편리함 때문에 아파트가 인기 있는 거라고 생각했지만, 지금의 나는 아파트가 재화적 가치로 환산하기에 효율적이라서 원하는 사람이 많다는 쪽으로 생각을 바꾸었다. 면적, 브랜드, 입지. 규격화된 것을 넣으면 착착 가격이 나오니까. 물건 사고, 물건 팔 듯, 빠르고 정확하게.

부동산으로 돈을 버는 방법은 레버리지였고, 집을 구하는 동안 레버리지의 중요성에 관해 수없이 들었다. 대출 담당 직원에게서도, 평범한 직장인인 지인에게서도, 적금을 깨러 간 우체국에서도. 서울에서 10억 얻을 거 여기서는 소소하게 얻는 거라고, 1억, 2억을 어디서 벌겠냐고. 그렇게 말하면서 사람들은 내게도 레버리지 활용을 무조건 추천했다. 아니, '무적권' 추천했다. 빚을 최소화하고 싶었던 나는 그들이 당연한 방법처럼 생각하는 레버리지가 무서웠다. 미국발 금융 위기로 한껏 충격을 받았던 시기에 우리 역시 주택 대출의 위험성에 대해, 한국 주택 시장의 버블 붕괴 위험에 대해 얼마나 많이 들었는가. 내 생각을 들은 사람들은 무심히 대답했다.

그래도 한국에서 집값은 올라요, 무적권.

그즈음 독일에 가서 친구와 부동산 이야기를 했다. 코로나 이후 독일에서도 집을 구하기가 어려워졌다고 했다. 오래된 집들마저 없어서 못 산다는 말을 들었다. 한국이든, 독일이든, 어느 곳이든, 인간은 땅에 영역 표시를 한다고 생각했다. 다시 광주로 돌아와, 레버리지를 활용해 빚을 더 많이 지는 게 이익이라는 말을 내 삶에 들일 수 없었던 나는 결국 집을 사지 않는 쪽을 선택했다. 광주는 규제 지역도 아니라고, 공급이 달리는 광주에서 신축 아파트는 무조건 오른다고, 몇 년만 갖고 있다 팔면 되는데 왜 안 하느냐고, 다들 돈이 없어서 못하는 거라고, 돈이 모자라면 신용 대출도 받으라고, 사람들은 하나같이 말했다.

나는 내 삶의 신조에 대해 거듭 설명해야 했다. 나는 하고 싶은 일이 있고, 돈을 좇다가 그 일을 놓치게 될까봐 마음이 쓰인다고. 사람들은 너는 참 고귀한 생각을 한다고 말하면서도, 대체로 왜 그런 결정을 하는지 이해하지 못하겠다는 반응을 보였다. 그러면서 아실이나 부동산 오픈 채팅, 유튜브 같은 걸 적극적으로 알려줬다. 오픈 채팅 목록에 '부동산'을 검색하자 여러 지역명을 앞에 붙인 단톡방이 끝도 없이 이어졌다. 마치 포교하는 것 같은 그들의 권유에 따라, 또 세상 공부한다는 생각으로 (나는 세상 공부한다는 차원으로 몇몇 회사의 주식을 한 주씩 갖고 있다. 수익률이 148%인 주식도 있다. 사람들은 내게 돈을 벌었냐고 묻는다. 다시 강조하지만 나는 그 주식을 10년째 한 주만 갖고 있다.) 부동산 단톡방에 들어갔고, 매일 부동산 전문가들의 유튜브를 들었다. 내 몸에 도무지 맞지 않는 것 같다고 생각하면서도 뭘 배우는 건 늘 좋아했으므로, 마음을 다잡고 부동산 공부를 했다.

단톡방에서는 하루 종일 부동산 이야기를 한다. 정치 이야기를 하면 쫓겨나고, 얼마를 얹어 집을 팔았다는 말에는 축하가 쏟아진다. 그 단톡방에서는 이 지역에서 일어나는 소식을 어느 매체보다 먼저 제비처럼 물어온다. 나는 단톡방에서 무슨 일이 일어나는지 조용히 지켜만 본다. 단톡방은 매 순간이 바쁘다. 이렇게나 열심히 정보를 찾고 공유할 시간이 다들 어디서 나는 걸까, 궁금하다. 전남에 조성될 산업단지 이야기도, 광주의 하이엔드 백화점 입성 이야기도 나는 그곳에서 가장 먼저 읽어 알게 됐다. 모든 사회 현상이 부동산으로 수렴된다. 서울이 아니라서 먹을 게 적다고 한탄하면서. 부동산 단톡방에는 천 명 넘게 있는데 들어오려는 사람이 너무 많아서 단톡방2, 단톡방3으로 계속 증식하고 있다. 내 톡방 목록에는 소설 이야기를 하는 수요일의 모임을 위해 만든 단톡방도 있다. 처음에는 13명이 모였고, 그마저도 1명이 나가서 12명이, 소설에 관해 이야기하고 있다. 대부분은 글쓰는 어려움과 응원의 말을 나눈다. 꾹꾹 눌러쓴 메시지들이 오간다. 나는 두 단톡방 간의 괴리를 매일 지켜본다.

임시 거처에서 나올 수밖에 없는 시일이 다가왔을 때, 부동산에 전화해서 아무 데나 전세를 구해달라고 말했다. 내가 애초에 걸었던 조건 가운데서는 단 하나만 다시 언급했다. 직장에서 멀지 않아 걸어 다닐 수 있을 것. 내게 수개월 동안 레버리지와 다운 계약을 종용하던 부동산은 깔끔한 신축 전셋집을 소개했다. 그래도 후진 아파트에서 살지는 마세요, 사람이 앞으로 나아가야죠. 고객을 위해 물러설 수 없다는 듯, 부동산이 골라준 건 스물다섯 평대 아파트였다. 평형, 위치와 브랜드와 입주 날짜 같은, 대강의 조건들을 채워 넣으면 가격이 쑥쑥 계산표처럼 뽑혀 나오는 그런 아파트. 그때 내가 구한 전세 가격은 최고가였고, 지금까지도 갱신되지 않고 있다. 나는 2년을 채워 살고 그보다 저렴한 아파트에 다시 전세로 들어갔다.

직장이 있는 한 이곳에 살아야 한다는 핑계로 집을 살 생각이 없는데도 부동산 단톡방에서 나오지 못했고, 네이버 부동산과 KB 부동산과 실거래가 공개시스템에서도 좀처럼 헤어 나오지 못하고 있다. 그러면서 경기도의 오래된 아파트에 작업실로 쓸 셋집도 마련했다. 직장 밖의 거의 모든 일들이 포진된 서울 근처에 기거할 곳이 필요했고, 특히 글에 관련된 외부 일을 쉽게 하고 글 쓰는 동료들도 편히 만날 수 있으니까. 그러니까 내가 기거할 집을 두 곳이나 마련한 이유 역시 일 때문이다. 세컨드 주택이나 텃밭을 가꾸는 종류의, 휴식이나 쉼과는 다르다. 나는 살기 위해 두 공간을 오간다.

*

직장 생활 초반에 아파트를 갈아 치우는 방식으로 돈을 버는 직장 동료의 이야기를 기담奇談처럼 들은 적이 있었다. 30대 초반이었고 나와 나이가 비슷했는데, 벌써 수억을 가진 자산가였다. 그는 아파트를 갈아타며 계속해서 돈을 벌 작정이라고 했고, 서울과 수도권이 그의 주 무대였다. 월급이 수입의 전부라는 사실이 당연했던 내게는 무척이나 비현실적인 이야기로 들렸다. 주말마다 아파트 임장을 다니며, 살지도 않을 아파트를 갈아 치워 돈을 불리는 일. 그는 한국에서 돈을 벌려면 그런 방법 아니고서는 힘들다고 충고했고, 돈 냄새를 기민하게 맡아야 한다고 했지만, 그런 냄새는 맡고 싶지 않았다. 그건 돈에 대한 내 가치관 같은 거였다. 나 같은 생각을 가진 사람이 많지 않다는 걸 그때는 몰랐고, 지금은 안다.

 방송에서 이왕이면 더 많은 돈을 갖는 게 좋다는 사람들의 말이 개그가 아니라 진짜 속마음이라는 걸 알게 되면서, 그 뒤에 더 많은 사람들이 돈이 최고라는 말을 서슴없이 하는 걸 보면서, 연예인들이 얼마 빚을 져서 얼마짜리 빌딩을 샀고 그걸 얼마에 되팔았는지 언론들이 민첩하게 보도하는 걸 보면서, 내가 받는 월급은 생각보다 많지 않은데 무섭게 오르는 물가를 보면서, 정말로 부동산이 아니면 안 될까 하는 생각이 들었다. 한국에서 언젠가 일어난다던 버블 붕괴는 아직도 일어날 거라는 예측만 되풀이되고, 레버리지로 만들어진 주택 대출 자금은 늘 최고치를 갱신한다. 이름도 기억나지 않는 내 동료가 말했듯, 한국에서 집은 사람이 사는 곳이 아니라, 돈을 주고 사야 하는 곳일지도 모른다.

 몇 해 전부터 나는 EBS 〈건축탐구—집〉의 열혈 시청자가 되었다. 아파트를 떠나 자신의 색깔로 집을 짓는 사람들의 이야기를 보면서, 나는 여태 가져본 적 없는 꿈을 꾸고 있다. 직장과는 관계없는 어느 산골 마을에 작은 텃밭을 일구고 살고 싶다. 글을 쓸 수 있는 책상이 있으면 좋겠고, 책이 있으면 좋겠다 싶다. 텃밭에는 먹을거리도 좀 기르면서 거칠 것 없이 살고 싶다. 이제는 한국을 벗어나 살고 싶은 저항심도 별로 없다. 그래서 최근에 집을 사야겠다는 생각을 처음으로 했다.

 이것저것 계산을 해봤더니, 결론은 놀랍지 않게도 서울에 집을 사는 거였다. 그래야 진짜 나중에라도 시골에 집을 지을 수 있을 것 같았다. 그래서 아파트와 빌라와 단독 주택을 보러 다녔다. 물론 얼마 지나지 않아 내 자본금으로는 사람이 북적이는 서울에 집 한 채 얻기가 녹록치 않다는 걸 알았다. 마실 삼아 동네나 한번 구경 하자던 나와 내 동반자는 부동산에서 아무렇지 않게 제안하는 무시무시한 집값을 이제 아무렇지 않게 듣는다. 그 제안들은 나와 그에게 자극이 된다. 왜 집을 사야 하는지 모르겠다던 나는 어디 가고, 레버리지를 최대한 당겨 조그만 땅이라도 하나 미리 사둬야겠다고 생각한다. 그러면 땅값은 무조건 오르겠지. 무조건. 내가 같은 기간 동안 화폐를 저축한다면 그에 비해 값어치가 훨씬 떨어지겠지, 생각한다. 나는 이런 생각이 자가당착이라는 걸 알고 있다. 그런데 그렇지 않고서는 이 땅에서 어떻게 살아야 할지 잘 모르겠다. 까고 보니 나 빼고 집 한 채는 다 있는 것 같고, 아무데나 집을 살 바에야 이왕이면 서울이 좋겠다는 말이 가장 설득력 있게 들린다. 이미 늦어버린 것 같은 불안감도 물론 있다.

한편으로 문학을 하는 사람인 나는 집이나 돈에 집착하고 싶지 않고, 어디론가 훨훨 날아 한정아 같은 삶을 살고 싶은데, 어떤 것도 쉽지 않다. 나는 늘 현실에 묶여 있다. 늘 밖으로 나가고 싶지만, 하얀 종이 위에 검은 글씨를 새기는 것 말고는 자유를 찾는 방법을 모르겠다. 많은 돈을 벌고 싶은 것도 아니다. 글 쓰는 것 말고 취미가 없는 나는 돈 쓰는 재미도 모른다. 돈을 벌어야 생활을 영위할 수 있다는 건 알기에 아무것도 끝내지 못한 채 나는 계속 이 짐을 지고 걸어가고 있다.

아직도 나는 잘 모르겠다. 사는 곳이 아니라 살 곳이, 거주지가 아니라 투자처가 되어버리는 집이라는 것을. 이 상황을 막아보겠다고 정부가 나섰다지만, 이미 많은 돈을 몰아넣은 사람들은 이 정부가 지나가길 기다리거나, 허들을 돌아설 방법을 끊임없이 연구한다. 한쪽을 막아두면 다른 쪽에서 터진다. 수천수만 색깔이 이 사회를 견고하게 지탱한다. 집값에는 그만큼의 욕심이 똘똘 뭉쳐 있다. 마음이 문제라고, 모두 함께 평정심을 찾고 집을 거주 공간으로만 여기자고 외치고 싶지만, 그러기에 집값은 사람들의 욕심만큼 높게 뛴다. 돈이 붙어 있는 한, 인간의 이기가 찰싹 붙어 있는 한, 계속 그럴 것 같다. 도대체 무엇이 우리를 이렇게 몰아가는 걸까.

그러나저러나 이런저런 생각들 때문에, 한 번도 내 집을 가져본 적 없는 나는 아직도 살 집을 찾지 못하고 있다. 그게 살(to live in) 집인지, 아니면 살(to buy) 집인지조차 모르겠다.

어차피 우리 집도 아니잖아

지은이 장강명 외 4인
펴낸이 김영정

초판 1쇄 펴낸날 2025년 12월 5일

펴낸곳 (주)현대문학
등록번호 제1-452호
주소 06532 서울시 서초구 신반포로 321(잠원동, 미래엔)
전화 02-2017-0280
팩스 02-516-5433
홈페이지 www.hdmh.co.kr

ⓒ 2025, 김의경, 장강명, 정명섭, 정진영, 최유안

ISBN 979-11-6790-334-1 (03810)

* 책값은 뒤표지에 있습니다.